A ÚNICA PAZ POSSÍVEL DESDE
O ÚTERO É NO CEMITÉRIO

Marco Severo

A única paz possível desde o útero é no cemitério

MOINHOS

Copyright © Marco Severo, 2024
© Moinhos, 2024.

Edição Nathan Matos
Assistente Editorial Aline Teixeira
Revisão Nathan Matos
Diagramação Luís Otávio Ferreira
Capa Sérgio Ricardo
Imagem da capa Lady and the Tiger (1900) vintage painting by Frederick Stuart Church

Dados Internacionais de Catalogação na Publicação (CIP) de acordo com ISBD

S498u Severo, Marco
A única paz possível desde o útero é no cemitério / Marco Severo. – São Paulo : Moinhos, 2024.
128 p. ; 14cm x 21cm.
ISBN: 978-65-5681-171-0
1. Literatura brasileira. 2. Romance. I. Título.
2024-2583
CDD 869.89923
CDU 821.134.3(81)-31
Elaborado por Odilio Hilario Moreira Junior - CRB-8/9949
Índice para catálogo sistemático:
1. Literatura brasileira: Romance 869.89923
2. Literatura brasileira: Romance 821.134.3(81)-31

Todos os direitos desta edição reservados à Editora Moinhos
www.editoramoinhos.com.br
contato@editoramoinhos.com.br
Facebook.com/EditoraMoinhos
Twitter.com/EditoraMoinhos
Instagram.com/EditoraMoinhos

Sumário

01. Caso Césio 137 — 11

02. Pripyat — 19

03. Zaporíjia — 46

04. Atol de Mururoa — 55

05. Cautério — 70

06. Atol de Bikini — 82

07. Tumbeiro — 96

08. Biblioteca de Alexandria — 111

09. Atol Fangataufa — 121

10. Estrasburgo, 1518 — 126

Aos meus pais,
que involuntariamente me ensinaram que eu
precisava seguir sozinho por um caminho através
do qual eles não conseguiriam me acompanhar.

Muito cedo na minha vida ficou tarde demais.
Marguerite Duras, em *O amante*.

Eu não sou cruel – sou apenas verdadeira.
Sylvia Plath.

01. Caso Césio 137

Meus pais foram duas pessoas que se encontraram na pequena cidade onde moravam e por razões diferentes decidiram se casar. Conforme se comprovou mais tarde, e embora dissessem aos outros e a si mesmos o contrário, não queriam ter filhos, mas colocaram a mim e minha irmã no mundo porque, no tempo deles, um casal sem filhos passava por um escrutínio social que sempre resultava na conclusão de que tinham algum problema.

Minha mãe vem de uma família de muitos irmãos, uns doze ou treze ao todo, não lembro ao certo. Daquelas famílias que com o tempo vão sendo grandes à distância, porque os irmãos que não se afastam da cidade natal para estudar, se afastam para trabalhar, e se reúnem ao longo dos anos quando podem – em geral bem pouco.

Ainda muito jovem minha mãe foi estudar na capital e, anos depois, fazer faculdade. Quando partiu, já não morava na cidade onde nascera, mas em Madalena, onde seus pais fincaram morada desde que os filhos eram todos muito pequenos, e onde conhecera o homem que se tornaria meu pai.

Ele, ao contrário, é de uma família pequena – para além dele há um outro irmão, um pouco mais novo. E só. Famílias pequenas eram incomuns no interior do Brasil dos anos 1940 – no entanto, a do meu pai era. Consta entre os parentes uma história de que minha avó era uma mulher difícil de lidar. E meu avô, um homem pacato, perdia o interesse nela porque onde a impaciência e a hostilidade habitavam, nenhuma parte dele conseguia adentrar. Foram envelhecendo numa proximidade física mas sem companheirismo, existindo juntos apenas pela força das contingências e dos hábitos da sociedade daquela geração. Colaborava para isso a ignorância, que impedia uma conversa clara, com os olhos nos olhos, resolutiva. Meus avós paternos eram apenas geograficamente aproximados, sabiam que podiam contar um com o outro para quando os achaques fossem aparecendo e, ademais, não se casava para se separar naqueles tempos. E assim os anos para eles se transformaram em séculos.

Quando se casaram, meus pais não tiveram filhos durante vários anos porque o útero da minha mãe não sustentava a gravidez. Soube da boca dela que Marco Aurélio deveria ter sido o nome do filho do primeiro aborto. E depois, o nome do filho do segundo aborto.

Eu fui a tentativa de número três, a que infelizmente deu certo.

Quando minha mãe foi para Fortaleza em busca de uma vida diferente daquela tornada possível pelas limitações financeiras dos pais, não tinha muito o que largar para trás. Era pouco mais que uma adolescente, e se tinha algo a que se prendia eram os afetos. Idolatrava os pais, a quem achava que devia tudo, e tinha uma dívida de gratidão com alguns dos irmãos mais velhos, aos quais passou a ajudar mais adiante, quando pôde.

Uma dessas irmãs, Lúcia, havia sido como uma espécie de mãe para ela. Como minha avó havia tido muitos filhos e tinha uma saúde frágil, os mais velhos cuidavam dos mais novos; essa era uma espécie de regra não-explícita e que funcionava em quase todas as numerosas famílias daqueles tempos, época em que ainda não se conheciam métodos contraceptivos eficazes – ou apenas ignorava-se qualquer possibilidade de reduzir uma família quando, no dizer dos antigos, que aquelas crianças viessem ao mundo era um desejo de Deus, assim como aparentemente era um desejo de Deus que elas morressem antes da idade de aprender a ler. E os desígnios divinos não podiam ser questionados para os ouvidos de ninguém, muito menos postos em dúvida até mesmo em silêncio.

Tia Lúcia sempre chegava na casa onde eu e minha irmã morávamos com nossos pais atrelada ao seu único filho, Silvio, que era uns oito anos mais velho que eu. Meus pais os pegavam na rodoviária, colocavam suas bagagens no porta-malas e, das vezes em que fui junto, lembro da tagarelice de minha tia no banco de trás e da minha mãe ao lado do meu pai, conversando com ela através do espelho retrovisor interno. Falavam sempre de forma muito alta e muito estridente, era como me soava. Eu seguia até em casa espremido contra a porta, o corpo do meu primo pressionando o meu enquanto minha tia ocupava todo o espaço que seu corpo enorme poderia, acompanhado de seus gestos de mão complementares à fala. Eu ainda não entendia que o meu primo não precisava estar tão colado a mim, mas ficava calado porque não saberia o que dizer, nem como, e a sensação de sufocamento me emudecia.

Eles quase sempre vinham no período de férias porque era quando tinham tempo suficiente para fazer os exames de rotina. Minha tia só sabia falar de doenças. Tinha um sopro no coração, respirava com um chiado no peito como se vivesse em crise de asma, era hipertensa e diabética – quando morreu, aos mais de oitenta anos, ficou provado que minha mãe soube cuidar muito bem dela em retribuição ao que tia Lúcia havia feito a ela quando criança: de outro modo tia Lúcia jamais teria passado dos 60, se tanto. Nos vinte e poucos anos presumíveis que viveu a mais, dedicou-se vigorosamente a falar sobre cada uma de suas enfermidades para qualquer um que passasse diante da calçada onde se sentava todos os finais de tarde e ousasse lhe direcionar um Como vai? apenas por educação ou força do hábito.

Quanto ao meu primo, além de fazer exames de rotina, de vez em quando surgia a oportunidade de vir experimentar moldes de aparelhos auditivos que alguém conseguia com um vereador ou amigo que tinha algum contato, para saber se lhe ajudaria a diminuir uma grave surdez de nascença que o fazia ter, na adolescência, uma fala manemolente e por vezes incompreensível que davam à sua comunicação um aspecto de retardo. Nunca entendi muito bem por que os tantos irmãos nunca se cotizaram entre si para que não dependessem de favores de políticos ou desconhecidos com algum pequeno poder. Uns mais, outros menos, mas mesmo naquele tempo, quando um aparelho auditivo era absurdamente caro, conseguiriam materializá-lo nos ouvidos de Silvio. Minha mãe, que já pagava o plano de saúde de minha tia Lúcia, talvez ficasse de fora da cota, o que pioraria para os demais. Às vezes acho que os que podiam contribuir com um valor maior não gostavam do fato de que outros irmãos colaborariam com menos. Às vezes, acho que na verdade nem todos queriam contribuir porque existia na família uma história insidiosa de que tia Lúcia tentara abortar o menino, e os efeitos dos remédios que ela usara o trouxeram ao mundo quase surdo. Inconscientemente, talvez aquela fosse uma maneira que os irmãos encontraram para puni-la, ao fazê-la conviver com um menino de cognição atrasada e sem qualquer resquício de altivez. Quando conseguiam se reunir nas festas de fim de ano, porém, todos diziam se amar.

Ao longo dos anos, Silvio passou a vir para nossa casa sozinho, em tempos diferentes da mãe. Primeiro em férias escolares, quando sua presença era justificada por ele não ter o que fazer nas férias em Madalena. Quando o período escolar acabou, ele vinha fazer concursos públicos para os quais sua restrita capacidade para entender conhecimentos objetivos e elaborar o pensamento abstrato jamais lhe permitiriam passar em qualquer um deles. Mas essa era sua tentativa possível de entrar no mundo dos adultos. Antes, quando eu era criança e ele vinha com a mãe, instalavam-se no meu quarto, de onde eu era expulso para que eles se acomodassem e ficassem à vontade, já que não tínhamos quarto de hóspedes. Minha irmã nunca foi desalojada de seu quarto uma única vez ao longo dos anos. Retirar uma menina de seu quarto e colocá-la na sala era algo que sequer se cogitara alguma vez. Eu tinha que ficar dormindo numa rede no meio da sala, entrando sorrateiramente no meu quarto cedo pela manhã no outro dia para pegar as coisas de que precisava para me aprontar para a escola, com muito cuidado para não incomodar as visitas. Lembro de um dia, nas vindas da rodoviária, quando perguntei no carro a caminho de casa, E vocês vieram para passar quantos dias? Eu vi pelo espelho retrovisor a cara de vergonha da minha mãe. Meu pai fez um som curto de espanto que ficou preso na garganta, mas como ele também não era muito afeito a essas movimentações dos familiares de minha mãe em nossa casa, segurou qualquer comentário repressor. A titia mal chegou e você já está querendo que ela vá embora?, disse a própria titia, com meu primo entre a gente, alheio a tudo. É que eu gosto do meu quarto, é o meu lugar dentro de casa, e vocês passam muitos dias, deixam tudo revirado e um cheiro ruim nele, eu disse. Eu não deixo nada mexido no seu quarto, Marquinho, revidou minha tia. Nessa hora meu primo percebeu o semblante alterado da mãe e passou a perguntar repetidas vezes o que estava acontecendo. Àquela altura, no entanto, eu, minha mãe e minha tia falávamos ao mesmo tempo, e meu primo, que não conseguia identificar o assunto, olhava para mim furioso. Minha tia disse que ia dormir na sala, por ela não havia problema. Eu disse que era isso mesmo que ela deveria fazer sempre que viesse. Aliás, ela e o filho. E minha mãe, como lhe era rotineiro, se saía com as frases mais estapafúrdias achando que eram argumentos: A casa é minha, você tem um quarto porque eu quero, respeite sua tia. A tia já estava chorando e dizendo que se soubesse não tinha nem vindo. Eu disse que por mim tudo bem. Ela disse que da próxima vez viria para ficar na casa de outra irmã. Sendo que ela sabia que isso era inviável, porque a outra irmã que ela pensava que podia lhe acolher tinha três filhos, morava num apartamento minúsculo, estava recém-divorciada e sequer tinha carro para levá-la aos médicos. Meu pai continuava dirigindo em silêncio.

✱

Quando passou a vir sem a companhia da mãe, meu primo seguia ficando em meu quarto. Éramos dois homens, meus pais diziam, e era bom que eu convivesse com meu primo mais velho, meus pais diziam também. No fundo o que eles achavam é que se eu ficasse por perto poderia ajudá-lo em algo. Já ali o adulto era eu, apesar do discurso oficial ir noutra direção. Era claro, uma vez que sua quase surdez lhe causava diversas limitações.

Quaisquer que fossem elas, não o impediam de abusar de mim. Eu tinha por volta de sete anos quando Silvio começou a sair da rede onde dormia, ao lado da minha cama, para me tocar. O modus operandi era sempre o mesmo: depois que todas as luzes da casa se apagavam, inclusive as do meu quarto, ele dava o tempo que julgava necessário para que todos na casa adormecessem, quando então se aproximava da minha cama e tocava o meu corpo; primeiro no pescoço, no peito, até que suas mãos encontravam as minhas partes íntimas, que depois ele se punha a cheirar, inclinado sobre mim, e a lamber e beijar.

A primeira vez que isso aconteceu eu não compreendi. Meus pais, que não se tocavam em gestos de carinho, também não costumavam fazê-lo comigo ou com minha irmã. De vez em quando minha mãe nos dava um beijo de chegada ou despedida, gestos pragmáticos, dever de função. Não havia carinho espontâneo. Já meu pai podia ser muito carinhoso: às sextas-feiras, quando bebia na sala de casa acompanhado de muitas doses de uísque, música alta e de sua solidão. O afeto era algo tão inusual que somente através de outras vivências éramos capazes de senti-lo. Assim, quando uma vizinha nos dava um pintinho de feira, alguma colega de trabalho de minha mãe ou pai se aproximava para nos fazer festa nos cabelos, ou nossa avó nos recebia em sua casa nas férias cheia de tijolinhos de leite, pamonha, bolos e lautos almoços, era que percebíamos as reentrâncias onde o amor tão profusamente escondido de nós fazia morada. A infância nos serviu para que apurássemos o olhar para os pequenos gestos. E era através do que nos chegava pela linguagem dos afetos alheios que aprendemos a sentir. Eu e, mais tarde, minha sempre desconfiada irmã, que por quase toda a infância viveu muito para dentro, com medo de colocar para o mundo o que cabia dentro de si, daí sua prisão de ventre costumeira e seus olhos que constantemente perscrutavam o mundo como se em busca de algum portal, fluxo de saída que ela encontrou anos depois, num voo para Londres que a retirou da rota de colisão com os nossos pais para a necessária colisão consigo mesma.

    As carícias me pareceram, então, uma continuidade dos gestos amorosos aos quais eu me acostumara a receber de estranhos. Submetido que era ao que os outros queriam me dar, meu corpo recebia com entusiasmo. Mas daquela forma inédita não, então o que houve, primeiramente, foi o estranhamento quando senti uma boca lânguida cobrir meus lábios e, em seguida, meu pênis retesado, que servia ao meu primo Silvio como se fosse algum brinquedo com o qual ele se mantinha entretido numa noite insone. Eu permaneci quieto, com medo, num misto de prazer e pavor, até que ele, saciado, voltou para a sua rede. Adormeci sentindo um cheiro estranho na atmosfera do quarto – um cheiro que eu só viria a compreender alguns anos depois, dessa vez vindo de mim.

    Segui sendo abusado repetidamente, a cada vinda dele para a minha casa, ano após ano.

02. Pripyat

Ainda não era o tempo de se sentir só, este viria mais tarde, com as dores inevitáveis ao abandono. Eu era sozinho porque, como pensava de vez em quando, eu não vinha crescendo; antes, vinha sendo crescido, como se a maturidade tivesse sido arrancada do meu pequeno corpo à força, numa série de gestos e atitudes violentas de desamor. Ser retirado à força de si mesmo, num passo prematuro do tempo, que para mim parecia caminhar aos saltos, me impeliu a ver nos outros os inimigos que tinha perto de mim. Por causa desse assombro aprendi a gostar da minha própria companhia, e pela enormidade que era a minha resiliência brincar sozinho tornou-se extensão dos meus saberes a sós. Mesmo que a brincadeira precisasse de companhia, eu fazia as vezes de uma outra pessoa, com personalidade e raciocínio próprios. Aprendi a ver essa consequência da indiferença dos meus pais e a ausência de amizade com minha própria irmã, que habitava seu quarto igualmente apenas na companhia de si mesma a maior parte do tempo, como algo normal, e não como a anomalia que era. E por haver desenvolvido essa capacidade para povoar minha vida sem a presença de outras pessoas, tive esses amigos todos que na verdade eram eu mesmo. Aprendi a respeitá-los compreendendo que eles só existiam ali, nas necessidades de brincar. Sem consciência alguma, eu me via lidando com diversas nuances de mim mesmo – mas quando eu me deitava para dormir, sabia que os pensamentos que me invadiam eram pertencentes a um só menino, ainda que eu soubesse existir em mim um arquipélago de solidão.

E era para aplacá-la que eu rugia. Sempre fui insubordinado, inclusive às minhas próprias vontades. Caminhava sem nunca encontrar a saída do labirinto, e por isso a minha dor se travestia em revolta, passo ligeiro para que eu me tornasse um amotinado dentro do meu interior. Mas havia razão.

Outra realidade era o que eu mais desejava, mas a única que conheci desde a infância foi a da minha mãe tentando esconder as lágrimas de mim e da minha irmã durante os nossos primeiros anos, para depois usá-las como arma contra nosso pai nos anos um pouco mais adiante, chorando dolorosamente diante de nós, as duas testemunhas inocentes de tudo, mas por tão pouco tempo: logo mais a infância estava perdida e já não havia mais volta. Talvez seja por isso que até hoje quando olho para o rosto de minha mãe vejo um semblante de quem andou chorando, ou de quem está na iminência do choro. Não reconheço seu rosto de outra forma; em minha mãe sempre anuviou-se um olhar de tristeza. Exceto quando adolescente. Nas fotos de sua juventude seu rosto conta uma outra história. Seus olhos eram dois enfeites bonitos, no sorriso cabia alegria. Eram os tempos em que ela ainda não conhecia meu pai.

Quiseram os deuses que não permanecesse assim.

Os deuses se arrependem de suas decisões?

Penso em dizer que na casa em que cresci na companhia da minha irmã e dos meus pais nunca houve um dia inteiro de alegria e isso, inicialmente, me parece injusto, porque me soa impossível que existam vinte e quatro horas de alegria ininterrupta na vida de qualquer pessoa.

Reflito um pouco e digo de outra maneira: as alegrias se perdiam dentro da enormidade das tristezas diárias.

Do meu pai tenho a lembrança que mais nos marcou a vida inteira: a relação abusiva com o álcool. Praticamente tudo o que eu, minha irmã e minha mãe vivemos enquanto morávamos juntos e até depois tem a ver com a repercussão do uso de bebidas feito pelo meu pai. Inicialmente limitado a um dia na semana, no máximo dois – sexta e sábado, quando havia algum evento que reunia tios e primos – isso rapidamente mudou à medida em que a percepção do meu pai sobre seu casamento era a de que ele começava a se deteriorar. Some-se a isso as dificuldades da paternidade, que ele só assumia no registro do cartório, mas da qual se recusava a participar. Meu pai havia se metido em um lugar ao qual não pertencia. Poligâmico inveterado, costumava deixar uma amante em cada cidade onde passava a trabalho. Não era incomum que, em casa, recebêssemos ligações de mulheres de diversas cidades do interior nos avisando de suas amantes, ou de que elas próprias eram as amantes.

Sufocado pelas inúmeras horas de trabalho, no qual se enfiava para não ter de conviver com cada um de nós, aos quais meu pai chamava de família na missa de domingo que nos obrigava a frequentar, as horas de convívio eram regadas a uísque de qualidade apenas mediana, porque era o que ele podia pagar, e a pequenos deslocamentos para praias em regiões próximas de onde morávamos, para as quais ele teimava em ir dirigindo apesar de bêbado. Minha mãe, que tinha habilitação e dirigia todos os dias, permitia que um homem com muitas doses de álcool, para além do limite razoável, nos guiasse pelas estradas. Freud chamaria isso de pulsão de morte. Para mim e para a minha irmã, porém, pequenos como éramos, não compreendíamos a dimensão do risco a não ser advindo do choro medroso de minha mãe, silenciado ao primeiro grito de meu pai a chamá-la de dramática e exagerada, duas palavras que de uso tão antigo em nossa casa nunca precisaram de dicionário para serem amplamente compreendidas por qualquer um de nós. Mais adiante, um pouco mais velhos, achávamos que eles, cada qual à sua maneira, estavam sendo irresponsáveis. Quando, adolescentes, entendíamos como insanidade, nos posicionávamos contra, e dizíamos que ficaríamos em casa – decisão que nos fez sofrer sanções desmesuradas – neste momento, já não mais por surras e espancamentos. Nosso pai nos retirava a possibilidade de outras interações: se não queríamos sair com um homem bêbado ao volante, então perdíamos o direito a qualquer dinheiro que nos fosse oferecido durante o mês, assim como não podíamos ir ao encontro de nossos amigos aos finais de semana, nem eles poderiam ir em nossa casa, até que a raiva de nosso pai passasse, o que às vezes levava várias semanas. Nossa mãe não ousava modificar qualquer decisão do dono da casa, era algo que simplesmente não fazia parte da gramática da nossa realidade. Era também o medo.

Nunca enxerguei na escola um lar fora de casa. Mas diante dos cerceamentos de meu pai, a escola se tornava o abrigo possível. Lá eu tinha poucos amigos, que se tornavam meu refúgio, ou a maneira de driblar os humores de meu pai – pelo menos ali eu teria uma convivência social e momentos de interação com aqueles que já então eu compreendia como afetos eleitos. Foi um deles, Roberto, que me levou ao amor pelos livros.

Não era raro que eu sentasse para assistir às aulas com um olhar distante todas as vezes que chegava na escola depois das tempestades dos meus pais. As tréguas entre as brigas e discussões nunca duraram mais que um dia, mas havia estragos com os quais eu lidava como se aquilo não me atingisse. Outros, mais violentos, me emudeciam, e silenciar era a minha maneira de expressar que por dentro eu era só grito e guerra. Que o incômodo era de conflito e medo, que em mim havia sido causado um grande rasgo. Assim, Roberto identificava que algo andava precisado naquele outro jovem, e como ele sempre teve a grandeza de enxergar as coisas como quem havia aprendido o mundo, a generosidade o fazia se preocupar com minhas vulnerabilidades. Era nesses momentos que ele mais se chegava a mim. Aos nove ou dez anos e toda uma sabedoria ancestral, certo de que a melhor maneira de dizer o que queria era com delicadeza. Aproximava-se de mim como quem toca uma fragilidade, Está tudo bem, Marco Aurélio? Eu não respondia com palavras, mas ele fazia a leitura. Então, aos poucos, eu ia deixando minha tristeza se avolumar do lado de fora, como um animal marinho libera do seu corpo o veneno que o protege de um ataque inimigo, o líquido espesso lentamente se misturando às águas profundas do oceano. Um dia, diante desse muro, fez a sugestão que mudaria a minha vida para sempre, Por que você não pega um livro na biblioteca, leva para casa e lê nos momentos em que seus pais estiverem brigando? Não resolve a briga, mas você vai estar tão entretido num mundo longe dali que não vai ouvir o que estiver acontecendo dentro da sua casa. Quando a professora liberou para o recreio corri para fazer a ficha na biblioteca. Verinha, a bibliotecária, fez o procedimento com o entusiasmo somente compreensível aos que identificam diante de si uma nova possibilidade de alguém para amar os livros. Mostrava todos os seus enormes dentes amarelos num sorriso que também iluminava os olhos por trás da armação redonda e brilhante dos seus óculos. Você pode pegar até três livros por vez, disse ao me entregar a ficha, numa voz de quem acabara de colocar aparelho ortodôntico com a qual eu a associaria para sempre, além do gesto de abrir um pouco os lábios para sugar a saliva por entre os dentes. Eu só queria um, era o que me bastava. Não lembro qual foi o primeiro título que levei da biblioteca, e não importa. O que lembro é que saí de lá num enorme contentamento, pronto para erigir os meus castelos.

Houve um tempo em que minha mãe achava bonito ter um filho leitor; alguns anos mais adiante ela passou a demonizar este hábito, mas ainda no tempo do antes ela achava que era sua função estimular a leitura em mim como quem cumpre um dever – e como minha mãe desempenhava a maternidade como quem tinha que bater o ponto todos os dias ao entrar e ao sair, foi precisamente o que fez. Ao me ver absorto no quarto, lendo, ela passou a trazer de uma banca de revistas ao lado do seu local de trabalho primeiro uma série de publicações com narrativas sobre o folclore brasileiro, a vida dos índios (não dizíamos *povos originários* então) e a relação do homem com a natureza. Depois, pegava emprestado da biblioteca do local onde trabalhava livros considerados para adultos por suas tramas complexas e número de páginas elevado. Algumas vezes ela me levava para o trabalho e me deixava na biblioteca. Vânia era a bibliotecária, se bem me lembro; uma senhora atarracada, de cabelos lisos grisalhos, pele morena, olhos pequenos e que pareciam estar sempre fechados, especialmente quando ela sorria para mim, o que parecia gostar de fazer o tempo inteiro, deixando seus dentes da frente separados à mostra. Era tão aberta e solícita que eu ficava muito à vontade entre os diversos corredores com milhares de livros. Àquela altura, o que me interessava era o gênero terror. Encontrei Stephen King primeiro ali. Dentre os tantos livros que eu havia folheado enquanto minha mãe não vinha me buscar para irmos para casa, encontrei este, que dizia: "Hoje, minha mãe morreu. Ou talvez ontem, não sei bem". Albert Camus, dizia o nome na capa, que não me dizia nada. Mesmo advertido de que era um livro muito difícil para alguém da minha idade, resolvi levá-lo. Não importa, eu disse, quero ler mesmo assim.

Com um começo daquele, eu tinha que ler aquela história imediatamente.

Não era apenas o meu primo Silvio que ia passar as férias lá em casa. Havia outros, de idade mais semelhante à minha, que também iam. Nossos pais promoviam esses encontros tanto no intuito de nos fazer socializar com os primos e as primas como também porque era uma maneira de nos divertirmos nas férias, que eles não podiam aproveitar conosco porque estavam trabalhando.

Eu aguardava a chegada dos primos num misto de ansiedade e apreensão. Ao mesmo tempo em que queria vê-los, sentia que minha vida seria revirada. Meu quarto, os espaços da casa, tudo teria uma configuração diferente. Naquele tempo eu não entendia por que via essa mudança temporária como uma ameaça; só com o passar dos anos compreendi que a bagunça promovida pelos meus pais resultava no meu desejo para que todo o resto tivesse um lugar estabelecido. A percepção da casa depois que brincávamos, comíamos, que assistíamos a um filme, sempre diferente de quando eu fazia essas atividades sozinho abria em mim uma lacuna, uma falta – e estar em um não-lugar me atormentava. Não raro a estadia dos primos era abreviada: na tentativa de retomar meu território, eu arrumava um motivo para brigarmos e, quando conseguia, eles pediam – muitas vezes *exigiam*, aos berros, para ir embora.

Comecei a perceber, a partir do instante em que eles se deixavam conduzir pela minha narrativa, que eu poderia me utilizar de uma nova vertente que surgiu a partir dos livros de terror que eu lia e a partir de um evento que havia ocorrido comigo dos 9 para os 10 anos em mais um daqueles momentos totalizantes em que nada fica de pé.

Sempre que junho chegava minha mãe fazia pé-de-moleque, um bolo típico das festividades daquele mês, e que todo mundo gostava em casa. Para finalizar, colocava castanhas de caju parcialmente quebradas sobre ele e nos servia pedaços generosos. Minha mãe nunca foi muito de cozinhar, mas fazia coisa e outra para mim e minha irmã – era uma das formas que sabia para demonstrar afeto, embora não fizesse nenhum dos pratos atendendo a demandas dos nossos desejos; era sempre em ocasiões ou épocas específicas, ou para o almoço de domingo, quando meu pai também faria a refeição e era o primeiro a ter comida no prato – e o único a ser servido, impreterivelmente. Então outro junho havia chegado e eu à espera do pé-de-moleque que sairia do forno, a salivação como prólogo da alegria. Quando minha mãe serviu o bolo, aconteceu algo que mudaria a minha vida para sempre: eu me engasguei com um pedaço da castanha quebrada. Na verdade não foi propriamente um engasgo, mas uma retenção momentânea; por alguns segundos, o pedaço estacou na região da garganta e desceu no que eu sentia como se em câmera lenta, ferindo a região.

Depois do momento de pânico em que eu fiquei sem ar e senti como se a luz ao meu redor fosse se tornando escuridão, fui acalmado pela minha mãe e por um copo com água. Dali pra frente, por toda a vida, passei a me alimentar sempre com algum líquido por perto, porque a partir daquele instante passei a ter alguma dificuldade para deglutir, marca de um trauma que causou uma ansiedade nunca tratada e, claro, pelos eventos que vieram em seguida, todos remetidos ao fatídico dia do engasgo.

No dia seguinte, ouvi uma voz me dizer que eu não deveria comer nada sólido, do contrário morreria da mesma forma que ele morreu. Não havia ninguém por perto, e era uma voz nova para mim. Naquela idade eu não entendia quase nada, mas lembro de achar que estava ficando louco.

O que aconteceu a partir do primeiro contato dessa voz em diante foi uma derrocada que serviu para modificar muitos dos comportamentos existentes naquela família – e talvez por isso mesmo tenha se estendido por tanto tempo.

Não era uma voz como as que eu costumava conjurar para brincar comigo. Era um timbre novo, diferente, que se anunciava como alguém que havia existido no mundo real – e a quem eu deveria temer. O enredo que eu ouvia era o seguinte: a voz masculina que falava comigo contava uma história de que havia morrido engasgado, e para que eu não tivesse o mesmo fim, deveria obedecê-lo. A primeira ordem era: nada de alimentos sólidos. Ou você quer morrer sufocado?, me perguntava de maneira insólita. Alegando dor na hora de engolir – o que era verdade, mas isso não deve ter durado mais do que dois ou três dias – avisei para a minha mãe que não queria mais comer. Ela não deve ter entendido a extensão do "mais", definitivo, como se eu pudesse deixar de ser um animal heterotrófico e fosse capaz de simplesmente viver por viver – o que era, de muitas maneiras, o que eu já fazia e o que desejava, numa constante ilusão de que a vida poderia ser conduzida através da voz desse outro que me dava ordens mas que, como os que eu poderia tocar à minha volta, só queria o meu bem.

Eu estava determinado a não comer mais por medo de morrer engasgado. O homem que parecia caminhar ao meu lado para onde quer que eu fosse me reiterava isso todos os dias. Comecei a definhar claramente. Como sempre fui uma criança robusta, no começo eu recebia elogios de adultos no colégio e familiares. Pouco tempo depois, os olhares e comentários eram de preocupação.

Minha mãe veio até mim uma noite e perguntou o que de fato estava acontecendo. Eu expliquei que minha garganta doía ao engolir e, por isso, só ingeria líquidos.

De forma alguma eu diria a verdade – a voz masculina me proibia e, embora eu não soubesse o que um fantasma seria capaz de fazer, eu sabia que ele tinha muito conhecimento do que se passava em minha vida, então eu me calava com medo de que ele cumprisse a promessa de causar mal a pessoas da minha família.

Não adiantou: no dia seguinte, minha mãe pegou a carteira do plano de saúde e me levou a um médico, que fez um exame colocando um fio com uma câmera na ponta, filmando toda a região da faringe e laringe. Ambos estavam dispostos a me provar que o que eu havia tido não passara de um arranhão. Isso, claro, também não adiantou, nem poderia. A voz seguia me dizendo que eu não poderia comer.

Meu pai, menos cauteloso no que tinha para dizer, baixou o decreto: eu ia passar a comer pelo menos batata e chuchu cozidos com o caldo da carne feita para o almoço de todos. Passei a ser obrigado a sentar à mesa todos os dias ao chegar do colégio, quando então uma das empregadas colocava um prato cheio de um caldo amarelo bastante líquido, com cubinhos de legumes cortados de forma irregular, o que em algum lugar de minha memória ficou registrado como se fossem pequenos cadáveres boiando, mas que eram apenas a tentativa de meu pai de me fazer comer algo para que eu não morresse. Os legumes repousavam no fundo do prato, com pontas aparecendo sobre o caldo e eu, com os olhos cheios de água, implorava para que ele não me obrigasse a comer aquilo. Em vão. Com meu pai sentado diante de mim, eu colocava uma colher com caldo e um pedaço de batata na boca e mastigava. Engolia o caldo mas ficava com os legumes girando dentro da boca, agora transformados numa massa amorfa repleta de água que escorria pela lateral dos meus lábios, chorando e me babando como se estivesse prestes a ser enforcado. Meu pai permanecia impávido durante o tempo que podia antes de ter que voltar para o trabalho. Hoje sei do sofrimento que ia em seu coração, mas ele se mantinha firme, torcendo para que eu engolisse aqueles pedaços minúsculos de legumes como se houvesse qualquer possibilidade de, se eu transformasse aquele gesto em hábito, ele fosse me levar a algum lugar.

Com a ajuda de Ilma, a empregada que colocava o prato diante de mim, a comida era retirada da minha frente e levada ao lixo, sem que meu pai soubesse. Por um tempo.

Cansei de ver minha mãe chorando pela casa às escondidas. Às vezes eu a via adormecida ao lado de um exemplar de um livro pequeno da capa azul onde estava escrito *Minutos de sabedoria*. Folheei um pouco num desses dias e, pelo que li, fiquei meio desconfiado.

Fosse como fosse, nossa casa passava pelo que seria para sempre seu maior período de tranquilidade. Não havia mais brigas nem confusão. Meu pai não desaparecia mais às sextas-feiras para só retornar no sábado, às vezes no domingo. Se havia algum som era o de choro silencioso, abafado, madrugada adentro, ou de chuva. Mas a casa em si agora era uma outra coisa. Eu sentia, olhando ao redor, como se estivesse morando num lugar diferente daquele de antes. A minha própria *percepção* do lugar era distinta.

Meus pais estavam, enfim, unidos.

✱

Contra mim.

Pelo menos era assim que eu me sentia, embora eles não soubessem daquilo que eu carregava como verdade. Conforme os dias se acumulavam adiante, a voz que eu ouvia passou a se comportar de maneira mais incisiva. Não havia o que eu pudesse fazer, contra todos os não-pode-fazer. Meu coração insubmisso buscava se impor, mas o medo de morrer – ou melhor, o medo de não me ver crescer e fazer as coisas com as quais sonhava – me fazia hesitar diante da vontade de desobediência. Meu pai continuava o cerco, me obrigando a comer legumes cozidos e caldo – e eu continuava a amassá-los no fundo do prato assim que ele saía de perto e a empregada retirava da mesa e jogava fora, cúmplice.

Meu corpo definhava rapidamente. Passei a rejeitar líquidos também, e foi quando minha mãe, que nunca havia me batido na vida, empunhou uma chinela para me açoitar, que eu entendi o tamanho do seu desespero. Eu bebi um pouco de uma mistura que ela me deu e, quando ela me viu tomando dois ou três breves goles, soltou a chinela no chão e caiu em prantos. Não dizia uma palavra, apenas grunhia, um choro sofrido de quem não aguentava mais.

Meus pais se desnorteavam um pouco mais a cada dia. Então, resolvi contar o que estava acontecendo. Um homem que me dizia ter morrido engasgado alegava que se eu comesse algo sólido morreria da mesma forma que ele.

Eu não havia contado para tentar retirar dos meus pais algum tipo de compaixão. Era que eu também me despedia, e de alguma maneira queria que eles entendessem o que estava acontecendo dentro de mim, porque nem eu entendia. Eu compartilhava incongruências na esperança de que os fragmentos se juntassem. Isso criou um movimento colaborativo entre ambos. Meu pai me levou a um centro espírita no dia seguinte, onde eu ia tomar passe, que era uma água que continha fluidos que fariam bem ao meu corpo. Minha mãe me levou a uma psicóloga, a quem eu agredia porque rapidamente entendia que os jogos que ela colocava diante de mim para que brincássemos eram, na verdade, uma forma de me avaliar – e isso se comprovava quando meus pais entravam na sala dela para uma conversa da qual eu não podia participar. Passei a recusar as brincadeiras e, se ela insistia, eu mordia seus dedos, suas mãos, e ficava quieto sentado olhando fixamente para a frente, ignorando os seus chamados até o final da sessão. Com raiva, passei a não querer cooperar nem minimamente com a alimentação em casa, e isso fez com que me tirassem das sessões com a profissional. A minha morte iminente fazia com que eu mais ou menos começasse a controlar meus pais, que continuavam a lutar para que eu não morresse de inanição, mas cediam ao meu comportamento porque não conseguiam enxergar o que pudessem fazer para mudar a direção do corpo do filho em derrocada. Eu chorava pouco, mas sofria muito, sempre alegando estar ouvindo uma voz que me dava ordens e a qual eu não poderia desobedecer.

 No colégio, os professores e colegas também se mostravam preocupados comigo, e a psicóloga da escola chegou a ter algumas conversas com a minha mãe e, depois, comigo. Ainda lembro dela como uma jovem muito branca e muito ruiva, a pele inteira cheia de sardas e um olhar de desdém ao tratar comigo. Cristiane, o nome dela. Um dia ela me chamou à sua sala, pediu para que eu sentasse na cadeira diante dela, do outro lado da mesa, e me disse que havia falado com minha mãe. Você disse a ela que está vendo fantasma, é isso?, ela começou. Vozes. Eu ouço a voz de um homem, respondi, contando os detalhes da situação. Marco, você não acha que pode estar inventando essa voz? É claro que não, respondi, indignado com aquela possibilidade. Por que eu faria isso? Você não vê o que está acontecendo comigo, com meus pais? Você acha que eu iria querer causar todo esse transtorno? Inclusive ele está aqui agora mesmo dizendo que é real, e que está perto do objetivo dele, que é tomar o meu corpo para ele.

Poucos dias depois disso eu acordei dentro do banheiro com um estrondo na porta. Era meu pai arrombando a porta do banheiro que eu e minha irmã utilizávamos para nos prepararmos para sermos levados à escola. Eu não comia mais nada sólido, mas meu corpo continuava a enviar os impulsos matinais como se eu o fizesse. Sem forças, mas fazendo esforço para expulsar dos meus intestinos algo que o corpo apenas desejava que estivesse lá, acabei desmaiando sentado na privada, e foi isso que meu pai compreendeu que havia acontecido quando minha irmã quis me apressar para sair do banheiro e eu não me manifestei.

Levado ao hospital, fui induzido ao coma porque meu corpo estava muito fraco. A pele fina fazia contorno claro sobre os ossos. Passei vários dias completamente alijado do mundo, e se guardo alguma memória desse tempo ela ainda está por emergir. O que me lembro veio depois, numa imagem do meu pai me empurrando numa cadeira de rodas hospital afora, um cilindro de oxigênio agarrado à cadeira me ajudando a respirar através de uns catéteres enfiados em meu nariz. Chegamos a um novo centro espírita, onde duas mulheres nos aguardavam.

O que aconteceu depois disso foi, para mim, assombroso. Tanto que em minha lembrança eu não consigo ter um recorte completo; antes, e embora eu lembre de muito do que foi dito, chega a mim como algo de difícil compreensão para a mente de um menino com então algo entre nove e dez anos, e ainda hoje como algo inexplicável para a minha mente por vezes cartesiana.

Encostadas a uma parede, duas cadeiras de espaldar baixo lado a lado, e outras duas cadeiras na frente delas. Uma das mulheres sentou-se em uma das cadeiras encostadas, enquanto a outra fez orações e uma espécie de dança diante de um altar cheio de imagens e velas. Meu pai foi colocado diante da mulher que havia sentado primeiro, e a cadeira de rodas onde eu estava diante da outra cadeira encostada à parede. Como se uma apresentação teatral tivesse começado subitamente, a mulher na frente do meu pai começou a chorar copiosamente, pedindo desculpas, se dizendo arrependida e que não tinha a intenção de fazer mal a mim. Fraco, eu olhava para aquela cena sem reação física, e como não conseguia mover a cabeça, não sei como se portava meu pai. A mulher diante de mim tinha um semblante sisudo, e passou a repreender a mulher que, até bem pouco tempo, parecia ser sua amiga. Lembro vagamente dessa mulher se apresentar como Cláudio, e a mulher diante de mim dizer que iria enviá-lo a um hospital espiritual, onde ele precisava permanecer pelo tempo necessário para compreender que ninguém habita dois mundos ao mesmo tempo: ele havia desencarnado.

Fui levado para o carro do meu pai ouvindo de uma delas que eu era médium, e que em algum momento a espiritualidade iria cobrar que eu desenvolvesse minha habilidade. E que meu pai fizesse o favor de levar uma foto 3x4 minha para lá depois, não sei para qual fim. Que eu saiba, ele nunca voltou ao centro espírita. Quando a porta do carro foi fechada, uma voz feminina me disse, Você agora pode comer de tudo. Sem medo.

    Saindo de lá, meu pai me levou até uma loja dentro de um shopping onde costumávamos comer uma das comidas que eu mais gostava: pastel, e pediu os meus sabores favoritos. Pegou a bandeja e me levou até um cubículo, sentamos um de frente para o outro. Ao nosso redor o barulho indistinto de jovens indo e vindo, rindo, falando alto, uma balbúrdia típica de um sábado à noite. Mas ali, naquele cubículo, tudo o que existia era o que importava naquele instante. Meu pai fez um carinho em meu braço e me olhou em súplica: Coma, meu filho. Eu balancei a cabeça dizendo que não, os olhos cheios de lágrimas. Eu vou morrer, papai. Não vai. A mulher do centro espírita mandou embora a pessoa que estava lhe dizendo aquelas coisas ruins. Foi ele que lhe colocou o medo de comer. Você precisa comer, meu filho, porque se não comer você vai morrer e eu não quero que você morra. E ele não está mais aqui. Você ainda o ouve? Foi quando ele fez essa pergunta que eu me dei conta de que a voz havia sumido. Coma, meu filho, ele repetiu. Comprei os pastéis que você mais gosta. Peguei um deles e dei uma pequena mordida. Mastiguei o pequeno pedaço de massa a ponto da saliva encher minha boca e escorrer numa baba espessa, caindo sobre a mesa. Eu não tinha coragem de engolir. Meu pai me encorajava, Engula sem medo, meu filho. Nada vai lhe acontecer. Então, eu engoli aquela saliva grossa cheia de massa. Meu pai se entusiasmou, sorrindo, os olhos marejados, incrédulos. E eu fiquei numa tal felicidade por vê-lo sorrir depois de tantos meses em que eu só o via chorar que criei coragem e dei outra mordida, ainda muito emocionado e tenso. Mastiguei eternamente, mas engoli da mesma forma destemida que da vez anterior. Meu pai se continha para não começar a pular e vibrar, talvez com medo de me assustar e me fazer desistir do alimento, mas o que eu via em seu olhar era muito mais que apenas um lampejo de alegria. Era uma imensidão. Não lembro o quanto comi, mas sei que dali em diante fui retomando meus hábitos alimentares.

Fui levado ao carro no estacionamento do shopping por um pai exultante, me fazendo carinhos e me dando parabéns, me abraçando e beijando como se estivesse diante de um filho muito amado e agora ressuscitado. Nunca soube se meu pai de fato acreditava na história que lhe contei e, igualmente, nas cenas que testemunhou no centro espírita. O que isso importava, no fim das contas? Naquele instante ele era meu amigo, o parceiro que confiava em mim e me estimulava a viver.

Foi a última vez que senti no meu pai o companheirismo que sempre desejei ter na figura dele.

Meus pais haviam descoberto que eu juntava o dinheiro que me davam para comprar cadernos pautados e canetas numa mercearia perto de casa, onde escrevia pequenos contos de terror. Passei a lhes pedir uma máquina de escrever como as que eu utilizava quando ia para o trabalho da minha mãe e era colocado em alguma atividade para me entreter e não atrapalhar o trabalho dos adultos. Mas não havia dinheiro para uma daquelas. No entanto, depois que eu havia me deparado com a morte

tão de perto – e meus pais igualmente, e talvez de forma ainda mais severa, porque eles tinham uma dimensão maior do que ela significava, passaram a fazer algumas das minhas vontades, como quem realiza os últimos desejos de alguém que sabe que vai perder. Meu pai me deu o que podia: uma máquina de escrever portátil, que por muito tempo foi o meu maior tesouro.
Meu pai havia sido um grande leitor antes d'eu nascer. Foi da leitura de *Meditações*, obra do imperador Marco Aurélio, que veio meu nome. Foi com ele que aprendi a gostar de MPB, e a contemplar a dança das folhas das árvores a receber o vento, a me atentar para o canto dos pássaros e observar as brincadeiras dos saguis na vegetação que cercava o lugar onde passei a infância. Foi também meu pai que deu a mim e à minha irmã nosso primeiro animal de estimação, uma cadela que chegou pequenina, dormindo dentro de uma caixa de papelão forrada com panos, e envelheceu sendo cuidada por nós – por vontade da minha mãe, que não queria animais convivendo com a gente, a cadela foi colocada no quintal. Essa foi uma das poucas decisões domésticas que meu pai permitiu que minha mãe tomasse – talvez para não se indispor comigo e com minha irmã depois de já nos ter dado um cão, a realização de um desejo nosso. Ao fazer um afago e transferir a parte chata de um para o outro, eles continuavam seus jogos de sempre, embora, à época, não nos déssemos conta disso.
Nas miudezas do dia a dia, sempre carentes, eu só via a beleza que era meu pai me mostrando o caminhar das formigas carregando pedaços de qualquer coisa, o colorido das flores dos pés de jambo espalhado no chão, a alegria de retirarmos do poço artesiano um balde cheio de

água vindo diretamente da terra. Cada uma dessas coisas: pontes a serem quebradas. E foram.

✱

As férias eram sempre um lugar de refúgio, sobretudo porque, como eu me dispersava entre outros membros da família, saía da rotina dolorida de meus pais.

O mês de julho era o melhor porque íamos todos para um lugar chamado COFECO, nome alusivo à ideia do local, uma colônia de férias exclusiva para os funcionários da empresa de energia elétrica do Ceará, onde meu pai trabalhava.

Tenho na memória que aquele era um lugar lindo: as casas uma ao lado da outra, divididas em ruas horizontais formando fileiras de casas – acho que havia umas três. De onde estivéssemos podíamos ver ou ouvir o mar, que ficava diante das ruas e casas. Num extremo, um clube com piscina; por trás da última rua, um pequeno zoológico muito frequentado por crianças. Ao final da tarde, havia passeios de charrete oferecidos pela administração do local.   A casa reunia, além dos meus pais e da minha irmã, a maior parte dos irmãos e irmãs da minha mãe e seus cônjuges, primos e primas e outros agregados. Felizmente, os primos que moravam no interior quase nunca vinham, o que afastava o meu temor de conviver com meu primo Silvio. Não que eu achasse que ele fosse fazer qualquer coisa comigo numa casa com mais de vinte pessoas, mas porque a própria convivência com ele era asquerosa. Eu não conseguia compreender muito bem, mas me incomodava a maneira como ele me olhava em silêncio, ou como dizia meu nome – em geral, no diminutivo.

E como eu me via livre dessa possibilidade na casa de praia, eu me refestelava com o cenário que se montava. Havia gente dormindo nas camas, em colchões no chão e em redes de armar. Todos os espaços da casa serviam de acomodação, e a bagunça era a tônica dos dias passados por lá. Comíamos sanduíches de presunto e queijo feitos pelas tias e muito churrasco, cerveja para os adultos e refrigerante para as crianças. Era uma esbórnia, e todos nos fartávamos na simplicidade das brincadeiras, risadas e das bobagens dos tios e tias que animavam a convivência.

Em meu coração, eu ficava feliz por ver a mim e Raquel longe dos alvos diários, embora meu pai – sempre ele – gostasse de nos chamar para mostrar quem mandava: tragam minhas chinelas. Vão pegar algo no quarto. Busquem tal coisa que deixei dentro do carro. Às vezes éramos chamados enquanto estávamos na piscina, no meio de uma brincadeira com os primos ou enquanto tentávamos cochilar depois de uma manhã inteira sob o sol. Eram coisas simples, que ele mesmo podia fazer, mas havia uma necessidade de se impor perante outros membros da família. E se minha mãe dissesse, Deixa que eu faço, os meninos estão na piscina/brincando/dormindo, levava um grito na frente de todo mundo. Era de uma tal arrogância e machismo, que nem o fato de estar num lugar em que a maior parte das pessoas eram da família da minha mãe o fazia segurar o tom de voz. Talvez por ser ele a conseguir a casa na praia todos os anos com a empresa, ou porque achassem que em disputas de casal deveriam ficar de fora, meu pai sempre foi ao mesmo tempo a arma, a bala e o silenciador.

✱

Era por volta do final da tarde quando decidi convidar meu primo Roberto Filho para irmos juntos ao zoológico da colônia de férias, para onde íamos de vez em quando ver alguns bichos e conversar sobre o que eram para nós grandes questões que nos assolavam naquela idade. Àquela altura já não havia mais ninguém por lá – inclusive porque o próprio zoológico estava ficando cada ano mais malcuidado, menos interessante para os visitantes. Quando estávamos no fundo do local, onde ficavam as baias dos cavalos, eu olhei para ele e disse, Estou ouvindo alguém te chamar. Nós paramos e tentamos apurar a audição. Só estou ouvindo as cigarras, ele disse. Eu falei, Espera, a voz está me dizendo que quer falar com você, ali perto dos cavalos. É a Elisângela. Roberto fez cara de quem ia chorar, os olhos ganhando imediatamente um contorno vermelho.

Elisângela era vizinha do meu primo. Ela morava com os dois filhos no mesmo andar, na porta quase de frente. Meu primo, suas duas irmãs mais velhas e minha tia eram muito amigos tanto dela quanto das crianças. Elisângela, assim como minha tia Consuelo anos atrás, também havia saído de um casamento violento. A conexão para a amizade aconteceu de imediato. Um ou dois meses antes da nossa ida para a casa de praia ficamos sabendo que ela e os dois filhos pequenos, um menino e uma menina, haviam morrido num acidente de carro na estrada.

O que souberam à época foi que ela estava dirigindo na estrada, seus dois filhos no banco de trás, e se chocaram de frente com um caminhão. Um acidente que não deixou sobreviventes nem de um lado nem de outro. Nunca se teve certeza do que de fato aconteceu. Se o motorista do caminhão dormiu e saiu da faixa, se foi ela, se foi uma ultrapassagem. O certo é que ninguém havia sobrevivido, e minha tia e meus primos estavam todos ainda meio inconformados.

Toda a família sabia do que eu havia passado no ano anterior com o homem que eu acreditava ouvir, e da história da minha mediunidade não desenvolvida, embora ninguém compreendesse aquilo de fato porque nos anos 80 certas questões eram ainda mais intocáveis. Mas tendo estado à beira da morte, com o médico tendo dito aos meus pais que eu não viveria mais do que algumas semanas se não voltasse a comer, e tendo voltado do mundo dos quase mortos depois de ir ao centro espírita e passar pelo que passei com meu pai por testemunha, respeitavam.

Quando eu disse para o meu primo Roberto que estava ouvindo Elisângela chamá-lo percebi que havia tocado em algo muito sensível dentro dele. Ele disse um breve Onde ela está? quase sem fôlego. Eu o segurei pelo pulso e disse, Vem por aqui. Chegamos numa parte da baia onde não havia cavalos. Ao longe, era possível ver a tarde jogar no céu as sementes do que em breve seria noite. Dei início então a algo que me causaria enormes problemas ao longo da infância porque seria meu *modus vivendi* para a obtenção do prazer: passei a fazer com meus primos mais novos algo muito semelhante ao que Silvio, meu primo mais velho que todos nós, fazia comigo. Cheguei perto de Roberto e disse, Eu só falo pra você o que Elisângela está dizendo se você pegar no meu pinto. Roberto deu um passo largo para trás: de jeito nenhum. Chantageei: Então você não quer saber o recado que ela tem a lhe dizer? Ricardo e Paula também estão querendo lhe enviar mensagens. Tive que ampliar o espectro para os filhos porque não sabia se ele era próximo à matriarca. Vai que o que ela tivesse a dizer não fosse do seu interesse? Eles estão perguntando se você quer conversar com eles através de mim. Mas para isso você tem antes que pegar e massagear o meu pinto. Trêmulo, com os olhos embargados e nenhum desejo, Roberto pegou no meu pênis com uma das mãos e massageou-o entre os dedos. Senti uma espécie de cócega prazerosa. Quando ele soltou meu membro levemente enrijecido eu cumpri minha parte e criei toda uma conversa que só existia na minha cabeça. Ou porque éramos muito criança e ele não tinha malícia, ou porque lidava com algo "sobrenatural" pela primeira vez na vida, o certo é que ele acreditou em tudo, e não questionou nem mesmo quando Elisângela disse através de mim que nada daquilo poderia ser compartilhado com ninguém, do contrário ela não "voltaria a viver" através de mim. Usei os mesmos termos que o suposto espírito que estivera ao meu lado utilizara. Eu aprendia rápido.

✽

Meus sentimentos mais danosos sempre foram canalizados para um instinto não propriamente de vingança, mas como forma de testar os meus limites diante da reação do outro, como se tudo servisse de laboratório para que eu observe o comportamento de quem me cerca.

Os primos notívagos e tios mais jovens tinham uma brincadeira de maquiar ou passar creme dental no rosto e corpo dos que dormiam espalhados pela casa. Como em geral terminávamos o dia exaustos, o sono era profundo, sem sonhos lembráveis no dia seguinte. Ao acordarmos e vermos nossos corpos pintados, com uma aparência entumescida, os rostos como o de palhaços de circo, nem todo mundo levava a brincadeira numa boa. Mas depois de lavados – após uma extensa fila no único banheiro – e os ânimos apaziguados pelos tios mais velhos, a casa voltava ao normal. Ou quase. Eu fermentava uma raiva que não encontrava lugar, mas que se não fosse dissipada viraria algo inominável. Ao contrário do que mais tarde a vida me mostraria ser, naqueles instantes eu maquinava porque sabia que se fosse causar brigas físicas ninguém ficaria ao meu lado. Então, quando eu também acordava com a cara transfigurada, ria e ia lavar meu rosto em silêncio, mas sem esticar demais a bobagem dos primos e primas. Somente uma vez eu tive uma reação violenta: na madrugada para o que seria nosso último dia na casa de praia, acordei com um batom vermelho esfregado no rosto e nos lábios. A parte do rosto saiu, mas a dos lábios, não. Soube que meu primo Roberto havia pego o batom da irmã mais velha e passado em mim – e que o tal batom tinha a característica de ser de longa duração. No dia anterior havíamos combinado de irmos todos ao clube local, passar o dia na piscina. Naquela idade, sair em público daquele jeito significaria ser chacota dos familiares e de estranhos, e eu não estava disposto. Mas rapidamente lembrei que aquele era o último dia na casa. Dois dias depois todos retomaríamos nossas rotinas de escola e trabalho, consagrando o final das férias. Pensei então que se eu não retribuísse o que havia sido feito a mim naquele dia, perderia a oportunidade. Assim, fomos todos para a piscina, eu meio que tentando colocar os lábios para dentro. Pouco tempo depois que estávamos lá, e já tendo ouvido algumas piadas, fingi que ia dizer algo no ouvido do meu primo e empurrei sua cabeça violentamente para debaixo d'água. Ele se debateu, as bolhas de ar subiam para a superfície em meio ao seu desespero, então eu pulei em cima do seu corpo para que ele afundasse. Não tenho dúvidas de que o objetivo era que ele sofresse o máximo que pudesse até que a morte o impedisse de continuar sofrendo. Os primos mais fracos começaram a gritar para os mais velhos me tirarem de cima de Roberto, que eu ia matá-lo. Não lembro quem me retirou de cima dele, fazendo com que ele emergisse, sem fôlego, com um tom de pele estranho, sem conseguir falar e dando a entender que tinha engolido muita água. O dia havia acabado, é claro.

Depois que se certificaram que Roberto estava bem, na enfermaria do local, voltamos todos para a casa, em silêncio. Meus pais, tios e tias ouviram a história, estarrecidos. Eu olhava para a frente sem focar em lugar nenhum. A mãe dele, que anos depois, quando ele já estava com uns vinte e poucos anos, iria visitá-lo na cadeia depois que ele, bêbado, achou de quebrar telefones públicos pela madrugada depois de uma farra – e, soubesse-se depois, ele fazia isso com alguma frequência – e disse a ele que ela não estava ali para tirá-lo de lá, mas para dizer que ele criasse vergonha na cara e não se tornasse como seu próprio pai – naquele instante defendeu o filho com veemência. A vontade dela era a de largar a mão em mim – e eu seguia fazendo uma cara de quem estava alheio ao que acontecia bem ali, no final de tarde antes de todos pegarmos os carros e seguirmos com nossas vidas. Era uma cena melancólica. Todas as famílias já com malas e sacolas fechadas, como sempre faziam no último dia, alguns colocando seus pertences dentro dos carros, mas agora ali tudo meio que em suspenso, enquanto tentavam me fazer sentir como se eu estivesse em um tribunal. Então do nada meu pai veio e me deu um tapa, talvez para satisfazer a vontade da minha tia. Eu continuei como estava, o mesmo olhar de indiferença; talvez agora com um sorriso sarcástico e um pouco de dor de cabeça. Alguns dos presentes se levantaram e saíram, alguém começou a chorar. A tarde se transformou em noite. Minha mãe disse, Vamos embora para não chegarmos em casa muito tarde, levantou-se como se não tivesse visto uma cena de agressão, e ficou por isso.

Passei alguns anos sem falar com meu primo. Com minha tia, menos. Logo mais ela tentou amenizar. Coisa de meninos, soube que ela andou dizendo. Muito tempo depois me contaram que ela especulou o porquê d'eu ser tão violento. Um dos meus tios disse, O exemplo que ele tem em casa. Quem não perderia o juízo? Mas quando soube disso eu também já entendia que era isso. Só os adultos ao meu redor fingiam não entender, e eles eram muitos. Já ali alguma coisa começava a mudar na lida com a família. Eu não sabia bem o que era, mas sabia que havia uma energia diferente envolvendo a todos, algo que começava na minha família nuclear.

Não demorou muito e todos nós soubemos o que era, e aquilo de fato abriria uma cratera entre a família na qual eu nascera e os demais primos, tios e tias.

Essa cratera continua aberta até hoje – e dentro dela há um sem-número de corações pulsando, cobertos de sangue.

03. Zaporíjia

As festas de natal ocorriam sempre na casa dos meus pais, em parte porque tínhamos um quintal onde cabia todo mundo e em parte porque a região da cidade em que morávamos ainda era parcamente habitada naqueles anos 90, o que nos autorizava a fazer barulho até tarde – não que nas festividades de final de ano alguém observasse horário-limite para o que quer que fosse.

A efeméride era sempre celebrada da mesma forma: os primos, tios e tias estacionavam os carros na rua e se dirigiam para a casa onde morávamos. No final dos anos 80 ainda se deixava o portão da frente aberto, depois, no começo dos 90, passou-se a deixá-lo fechado e mais para o final da década, trancado, e quem ia chegando tinha de se avisar pelo interfone.

No natal em que tudo mudou era na época em que o portão ficava apenas fechado, e como todo mundo já sabia o que fazer, seguiam o protocolo: colocavam sobre a mesa da cozinha ornamentada com uma toalha de plástico com motivos natalinos os pratos que traziam, ou guardavam na geladeira as bebidas e seguiam para o quintal, onde ficavam todos até quase o amanhecer. A casa era utilizada apenas para que os convidados utilizassem o banheiro ou pegassem mais bebida na geladeira ou carne para o churrasco. No quintal muita música, muitas vozes indistintas em conversas paralelas e uma alegria pagã.

Os irmãos e irmãs da minha mãe eram quem sempre davam volume à festa, porque eram muitos. Os primos mais velhos apenas passavam no evento e depois saíam com seus namorados e namoradas. Em um ou outro ano, permaneciam na festa.

Meu pai buscava ser um bom anfitrião. Cuidava do churrasco e da bebida, se preocupava com o que estava faltando no prato ou no copo dos convidados. Nessa aparente despretensiosa preocupação, comecei a observar um movimento casual de meu pai que se repetia em todas as reuniões familiares. Meses antes, aguardei um momento em que estivéssemos sozinhos, longe de paredes com ouvidos, para perguntar-lhe igualmente de forma casual, Pai, qual a sua relação com a Dilene? Ele respondeu como quem é atingido na cabeça por um piano, De onde você tirou essa ideia? Eu deixei a pergunta ressoar nos ouvidos dele por alguns segundos. Então, eu disse: Só alguém vendado não percebe a intimidade entre vocês, a troca de olhares rápidos e o mais evidente de tudo: vocês bebem no copo um do outro. Você não bebe no copo da mãe, mas bebe no copo da Dilene. Tem sido assim em todos os encontros da família. A mim não passou despercebido.

Ali começou uma outra parte dos meus problemas na adolescência. Meu pai resolveu abrir o jogo e contou tudo como quem o faz a um confidente: quando havia começado, como eles davam continuidade aos encontros às sextas e sábados à noite, e como ele estava completamente apaixonado por ela. Eu o ouvi com pesar, e o fiz por um sentimento de desconsolo: diante de mim estava um homem amargurado e tão solitário que buscava falsificar laços com o filho para que este lhe servisse de depósito de tudo que há tanto tempo estava represado. Atribuía todos os seus problemas da vida à minha mãe, alegando que ela não sabia resolver crises. Se a gente briga, a primeira coisa que ela faz é sair da cama e ir dormir na rede, ou me mandar para o sofá da sala. Como é que a gente pode ter a chance de fazer um chamego e se resolver?

A questão é que, embora minha mãe fosse absurdamente apaixonada pelo meu pai, ela tinha asco das coisas que ele fazia. Ela sabia que vinha sendo traída e há muitos anos, provavelmente desde a época do namoro, quando eram ainda muito jovens – e, embora não dependesse dele financeiramente, sua existência só parecia justificada se houvesse o sofrimento acompanhado de sua presença. Era um martírio em algum nível teatral para ela – para mim e para a minha irmã, o fato de sua doentia dependência emocional por aquele homem ter nos obrigado a conviver com tudo o que estava posto era a antessala do inferno; isso associado ao fato de que embora não comprendêssemos, restava claro que ela não *conseguia* se desvencilhar dele, mas por também não aceitar as inúmeras traições com as quais se obrigava a conviver, atormentava a vida dele e daqueles com quem convivia – os filhos, irmãos, irmãs, colegas de trabalho – todos eram sucessivamente enredados para a sua rotina fustigante.

Meu pai, por outro lado, encontrou em Dilene o oposto da personalidade de minha mãe. Dilene era uma mulher cheia de vivacidade, jovial, com um comportamento bem-humorado até quando se sabia que ela não estava passando por dias tranquilos. Usava roupas decotadas e gostava de piadas de duplo sentido. Dava sua opinião para tudo, sem se importar com o que iam pensar dela. Aliás, no que dizia respeito a isso, era costume ouvir os irmãos de minha mãe comentando entre si que ela deveria ter mais modos, já que Erquivaldo, de quem eram irmãos, não merecia uma mulher como aquela. Dilene sabia das conversas, mas fazia de conta que não era com ela.

Na noite em que tudo acabou já havia se passado quase dezesseis anos do caso deles dois. Desses, acompanhei os últimos três ou quatro, os anos em que confrontei meu pai e, com isso, ganhei a confiança dele e atendi ao seu pedido quando ele colocou todo o seu flagelo sobre a mesa: nunca contei à minha mãe que sabia de tudo da boca do meu pai antes dela mesma. Para mim, não fazia sentido: a cada ida dela ao carro dele na garagem quando ele chegava de uma farra e ia dormir, ela encontrava algo. Havia as ligações, as histórias que os parentes descobriam uns com os outros e contavam à ela. Ela *sabia*. Do que serviria eu me meter nessa história? Mesmo assim, mais adiante, isso serviu para que eu fosse confrontado por minha mãe, que alegava um favorecimento ao meu pai – o que não podia estar mais longe da verdade – eu não pendia para o lado de ninguém, mas havia uma culpa católica em torno do dever filial que me impelia a ouvir ambos os lados, sem contudo passar de um para o outro o que ouvia. Algum tempo depois meu pai também me acusaria da mesma coisa após a acusação inicial de minha mãe, o que me colocava num fogo cruzado que me afastou de ambos ainda mais. O distanciamento era a maneira que eu encontrava para não ficar louco. Ou para não cometer um ato de loucura.

✳

Já haviam deixado a brasa do carvão na churrasqueira morrer. Os últimos convidados da festa conversavam com a língua um pouco mais mole dentro da boca em tom de despedida, o cenário era mesmo o de final de festa:

cadeiras espalhadas pelo chão de areia vermelha, mesas com restos de bebida e comida. Um dos meus tios chama a esposa para ir embora. Ambos se levantam e começam a se despedir dos meus pais e do outro casal que também ainda estava por lá: meu tio Erquivaldo e a esposa, Dilene. Enquanto saem do quintal pelo corredor lateral em direção ao portão na frente da casa, o casal em despedida, minha mãe e meu tio seguem até a calçada. Por alguma razão o marido traído tem, pela primeira vez, um momento de iluminação – que se provará também ser o último e o único do qual ele precisava, e volta a passos largos em direção ao quintal. Quando ele entra no espaço, flagra meu pai aos beijos com a esposa dele. Ouve-se o grito da esposa, um berro do meu pai, e meu tio dizendo que vai matar os dois filhos da puta. Minha mãe volta para o quintal correndo e o casal que estava de saída segue atrás. Todos se preparam para o pior, mas antes que isso aconteça juntam forças para separar a briga. Eu estava no meu quarto e minha irmã no dela. A janela do meu quarto dava para o quintal, mas não ousei abri-la. Não sei até hoje se minha irmã acordou com a confusão ou se fingiu estar adormecida. Soube, no dia seguinte, que meu tio saiu da nossa casa aos berros, os vizinhos ameaçando chamar a polícia e o casal que se despedia só partiu de fato depois que se certificou que meu tio havia ido embora. Foram eles que levaram Dilene, porque naquela noite ela não tinha onde dormir.

    Até aquele dia, os irmãos e irmãs de minha mãe, e meus pais, se reuniam com frequência no sítio do meu tio Erquivaldo sob enormes mangueiras e cajueiros, em Maranguape, a cidade a poucos quilômetros de Fortaleza, onde ele morava com a esposa e a filha, minha prima

Aline. Eram domingos festivos, uma reprodução do que acontecia no natal mas sem os motivos religiosos. Lembro de algumas alegrias naquele lugar. Após o que aconteceu, a família jamais foi a mesma. A ruptura causada pela descoberta do caso do meu pai com a esposa do irmão de minha mãe criou abismos. Meu pai, evidentemente, não frequentava mais a casa de nenhum dos irmãos de minha mãe e, como não tinha amigos, tornou-se um ser escanteado. Passou a caminhar sozinho pelos shoppings, porque não conseguia ficar em casa. Minha mãe foi acolhida pelos irmãos, que tentavam, em vão, convencê-la de que era hora de se separar daquele homem. Eu e minha irmã, adolescentes, dependíamos completamente deles, que pareciam se importar ainda menos conosco, e por isso ficávamos reféns dentro de casa. Nossos amigos de colégio nos convidavam para sair com eles, ou ir para suas casas, mas não compreendiam muito bem quando dizíamos que nossos pais não autorizavam nada. Na verdade, eles não queriam contato com outros pais, com famílias aparentemente mais ajustadas onde o convívio em harmonia era possível na maior parte do tempo. Meus pais eram duas pessoas com vergonha, mas não o suficiente para seguirem suas vidas separados. Era preciso manter por perto o poder de arruinar outras vidas, atividade que praticavam com perfeição. Minha irmã continuava solitária em seu quarto, e eu continuava num mundo povoado por personagens nos livros. Era a vida que me bastava porque era a única vida onde eu tangenciava algum tipo de existência feliz. O resto era impraticável. Era um aterro.

Naquele natal o menino Jesus não nasceu.

✱

Estávamos no carro, voltando de mais um período na casa da praia sem saber que aquela seria a última vez por determinação do que aconteceria no natal daquele mesmo ano e que faria com que a família jamais voltasse a se reunir completamente, quando minha mãe disse que meu primo Silvio iria passar alguns dias em nossa casa. Ainda estávamos na metade das férias de julho, as aulas retornariam em agosto – o que significava que ele poderia passar ainda pelo menos dez dias em nossa casa. Recebida a informação, permaneci em silêncio. Fechei os olhos e deixei o vento que entrava pela janela cantar nos meus ouvidos. Em ocasiões como aquela, eu sempre recebia a notícia com aborrecimento, e naquela idade eu já parara de lutar de volta. A casa era dos adultos, eles faziam as regras. O que eu podia era tentar ignorar o meu primo como forma de me esquivar de suas investidas. Mas na idade em que eu estava, e tendo sido induzido à curiosidade do sexo tão cedo, era tarde demais.

Por isso agora, quando ele me procurava, eu deixava que ele me tocasse o quanto quisesse. Que me chupasse, que se esfregasse no meu corpo. Não havia medo nem culpa. Nunca tive vergonha dos desejos do meu corpo. Em relação ao meu primo Silvio, o que havia era nojo. Sempre o achei asqueroso. Nunca gostei do cheiro do seu corpo, nem do toque de sua pele. No entanto, sua boca cobrindo meu pênis me dava muito prazer. Ao longo dos anos aquilo já havia acontecido vezes demais para que eu agora o negasse. Ainda assim, tudo o que eu queria era que aquele homem deixasse de ir na casa em que eu morava. Eu queria que ele deixasse de existir.

✳

Como porta de fuga, eu passava horas sentado à máquina de escrever que me foi dada pelo meu pai. Minha mãe trazia do trabalho, suponho que clandestinamente, papel em branco para que eu escrevesse, sempre reclamando que não podia fazê-lo tanto quanto eu gostaria. Quando as folhas acabavam, eu arrancava páginas dos cadernos da escola para continuar escrevendo furiosamente. Escrevia muitos contos que misturavam elementos de terror com situações que eu vivia. Era dessa maneira que eu tentava expurgá-las. Apesar da boa intenção, porém, a máquina me afastava ainda mais da convivência com meus pais e minha irmã, e assim acabou se tornando um incentivo à solidão. Para mim, que queria mesmo era me afastar da realidade, era uma dádiva.

No entanto, essa prática ininterrupta, aliada ao meu hábito da leitura, fazia com que eu tivesse excelente notas em redação, todas elas colecionadas em uma pasta que a professora entregava ao final do ano na reunião com os pais. As minhas eram sempre elogiadas e lidas em voz alta para a turma. Daí que, quando também comecei a escrever meus próprios contos, aos dez anos, apenas dei vazão à criatividade que já pulsava em mim de maneira incontrolável. Por outro lado, tudo aquilo que exigia da minha memória – que sempre foi muito ruim – e precisão matemática era um desalento, o que evidenciava a minha intensidade e meu desamor pela exatidão.

Nem os muitos contos que escrevi, nem as redações colecionadas da escola foram guardados.

Tanto, tanto se perdeu.

✱

Como tudo o que dizia respeito aos meus pais, exceção feita às ruidosas brigas do casal, todo o resto era resolvido em silêncio. Sabíamos dos acontecimentos, mas quase nunca dos desfechos. Existíamos para obedecer: pegue meus chinelos, pegue uma chave de fenda no porta-malas do carro, esteja na porta do colégio às 11h, se arrume para ir à igreja, coma rápido, seja breve, seja meu fantoche. Criança alguma era levada à sério por eles, a não ser quando mereciam punição, que meu pai tratava muito bem com a mão sempre bem erguida e geralmente segurando algo que faria o açoitamento ser ainda mais doloroso, e que minha mãe tratava melhor ainda silenciando diante de qualquer decisão ou atitude paterna a qual era submetida, porque ela mesma era impedida de ter voz. Minha mãe tinha um medo atávico de legitimar poderes. Tudo o que eu e minha irmã queríamos fazer passava antes pelo Vá perguntar ao seu pai, se ele deixar, por mim tudo bem. Na única vez que ela ousou não dizer isso e nos autorizou a seguir em frente com o que desejávamos fazer, ele passou quase quinze dias sem trocar palavra com ela. E para ela aquilo era como se tivessem enfiado um travesseiro no seu rosto. Ficava tão sufocada que se engasgava com a própria respiração e os soluços provenientes do seu choro. Submissa e medrosa, vivia uma vida que não era sua ou, dito de outra maneira, com a qual foi se conformando em viver. As decisões do casal que implicavam diretamente na vida dos filhos foram tomadas em silêncio e assim permaneceram para sempre – e não apenas porque éramos crianças, mas porque existíamos.

04. Atol de Mururoa

Mãe, como é o pênis do meu pai?

Estávamos somente eu e minha mãe no carro porque minha irmã havia adoecido e não pudera ir à escola. Como eu já tinha dez anos, passara a andar no banco da frente com orgulho – minha irmã, por exemplo, ainda não podia, mas com sua personalidade sempre disposta ao confronto, fazia questão de lembrar que a partir do ano seguinte revezaríamos as idas ali – mas naquele dia especificamente não era essa satisfação que me tomava.

O vento entrava pelas janelas abertas com força, enquanto minha mãe cumpria os mais de sete quilômetros que distanciavam a escola, onde ela nos pegava todo dia ao sair do trabalho para o seu almoço, da nossa casa. Ela almoçava às pressas e voltava para a sua mesa de trabalho, não sem antes bater o ponto. Era mais uma de suas atitudes de mãe profissional travestidas de amor, que ela fazia questão de nos lembrar a cada semana, em geral reafirmando que nosso pai tinha um horário de almoço mais longo mas preferia ficar em seu local de trabalho no conforto do ar-condicionado.

Em um pouco usual silêncio, reuni uma coragem que eu sabia existir, mas não precisava onde, para puxar com minha mãe o assunto mais delicado de toda a minha então breve vida, que culminou com a pergunta que ela ouviu sem subterfúgios. De certo modo, foi engraçado vê-la tentando responder a pergunta de modo natural, como se eu tivesse perguntado sobre o que faríamos quando eu estivesse em férias. Bom, meu filho, é um pênis normal. Fez uma pausa e complementou, Por que você está perguntando sobre isso? É que eu já estou com dez anos e não vi muita coisa mudar, respondi. Então você está preocupado com o tamanho do seu pênis? Não fique, meu filho. Pequeno era quando você saiu de dentro de mim, praticamente só um fiapinho. Você ainda está entrando na adolescência, tenha calma. O seu deverá ficar do tamanho do que tem seu pai, o suficiente para satisfazer qualquer namorada que você um dia tiver.

Voltei a ficar em silêncio. Não estava muito convencido da resposta. Ainda lembrava do final de semana anterior, quando três primos meus, que passavam o final de semana em nossa casa, resolveram que tomaríamos banho todos juntos, e quando falaram em se masturbar ensaboados, percebi – e para meu horror e vergonha, eles também – que o meu pênis era o menor de todos. Um deles deu a dica, Você tem de se punhetar usando todos os dedos da mão, de frente, porque você ainda não tem pau pra segurar de lado e chacoalhar. Os outros dois riram, mas disseram o mesmo que minha mãe havia dito no carro: eu ainda tinha dez anos, teria tempo – e eles eram, afinal, todos mais velhos que eu.

Resignei-me com a fala de minha mãe e a lembrança da fala dos primos no chuveiro, mas a verdade é que uma das grandes questões que acompanha o homem ao longo da vida começou a me assolar cedo. Além disso, aquele banho com os primos também reafirmava o que eu começara a perceber desde que meu primo Silvio me iniciara no hábito da descoberta do sexo: enquanto meus primos falavam uns para os outros para imaginar as modelos capas de revistas masculinas, eu ficava calado, observando seus corpos nus de olhos fechados, cobertos com a espuma do sabonete, se estimulando até que seus corpos soltassem jatos de esperma em direção às paredes, que depois eram lavadas para não deixar vestígios, os corpos também eram lavados e saíamos todos do banho com o corpo úmido, limpo, e felizes, prontos para o jantar.

Menos eu, que também ainda era muito pequeno pra gozar, como também me disseram.

✳

Foi com meu avô Elizeu que eu me dei conta pela primeira vez de duas coisas quase ao mesmo tempo: da decrepitude do corpo e do meu amor inexplicável por pessoas mais velhas.

O amor veio primeiro porque era assim que eu sentia que deveria ser. Era o meu avô, pai da minha mãe, era sangue, linhagem, DNA, todo o meu ser já me diria automaticamente que o destino era amá-lo, mas eu também fui ensinado a isso – e ele também o fazia de volta, porque ali era o filho desobrigado, com o qual ele se divertiria por um tempo e depois poderia entregar às empregadas ou aos pais, recostar-se fragorosamente em sua poltrona e cochilar até a hora do almoço. Assim eram as leis que agiam em silêncio, e sem questioná-las, as cumpríamos.

Então chegou o tempo em que, durante meu período de férias, ele vinha para Fortaleza fazer seus exames de rotina. Os filhos vinham percebendo uma tendência a que ele deixasse de se cuidar, então traziam-no sem dar a ele opção e, como quase todos da família de minha mãe, ficavam em nossa casa nessas viagens. Eu também notava que ele andava esquecendo algumas coisas, como o nome de algumas frutas que eu recortava e oferecia a ele em um prato na merenda da manhã, que ele comia sentado na calçada, ou o nome de alguém da família que eu mencionava. Na ingenuidade da minha infância, achava normal – se *meus pais* se queixavam de ter uma memória ruim, então aquilo era o que tinha de ser, eu calculava. Comecei a desconfiar que havia algo complicando quando, conversando do lado de fora da casa enquanto tomávamos um banho de sol, ao mencionar o nome de tios e tias, filhos dele, ele me perguntou quem eram. São seus filhos, eu disse, falando um pouco do que sabia de cada um. Ele ficou um tempo sem dizer nada, então de repente, nuns olhos levemente azuis e profundamente brilhantes, disse, Ah, sim, a Consuelo que é casada com o Roberto! Tia Consuelo já não era casada com o tio Roberto há muitos anos, mas eu disse que sim, isso mesmo. Ele falou da profissão de cada um, de onde achava que esses tios moravam, dos filhos deles. Cenas assim se repetiam ocasionalmente. Às vezes misturava informações corretas com outras que a memória dele inventava, e eu continuava a estimular sua confusão ao dizer de forma assertiva que era aquilo mesmo. Quando minha mãe chegava em casa, no começo da noite, eu dizia tudo a ela em segredo.

    Foi a partir dessa decaída mental do meu avô que passei a dar banho nele. Os banhos eram uma diversão. A gente brincava, fazíamos gracinhas como as duas crianças que agora éramos, eu porque não era muito mais do que isso; ele, porque se tornara. Em sua imensa vontade de se comunicar, meu avô me contava histórias enquanto eu passava xampu em seu cabelo ralo e sabonete em todo o seu corpo, exercitando um prazer tanto meu quanto dele de estarmos em contato com a água. Foi assim durante um tempo – até que Silvio chegou novamente para passar alguns dias de férias.

※

    Minha mãe e meu pai continuavam a insistir para que Silvio não dormisse na sala, como eu queria, mas no meu quarto comigo. Eu me revoltava porque sabia o que poderia acontecer, mas ainda não era chegado o tempo de dizer o que sentia a esse respeito em voz alta porque, em algum lugar dentro de mim, *eu também queria*. O sentimento de ojeriza e a curiosidade despertada pelo toque, pelos corpos em contato eram a um só tempo motivo de repulsa e atração. Essa tormenta inexplicável acontecendo dentro de mim se mostrava através do meu comportamento na escola. Enquanto eu costumava ser o garoto reconhecido pelos professores e amigos como amável e generoso, a menor provocação conseguia me transformar num reator fora de controle.
    Foi assim que surgiram os episódios com Mário e Mardem.

※

    O hábito de correr para a cantina da escola assim que tocava o alarme do recreio era um espetáculo que eu gostava muito de ver. Quase todos os alunos confluindo para o mesmo lugar, numa ânsia famélica de quem havia descoberto um oásis no meio do deserto depois de dias sem ingerir coisa alguma. Com ocasionais variações, eu costumava sair de lá com uma coxinha e um refrigerante na mão. No dia em que Mário, um colega de sala que tinha fama de tudo-pode, resolveu me abordar, eu estava com a chave virada: Silvio estava em casa. Para além das questões paterna e materna, esse maldito primo ocupando meu quarto todas as noites. Me dá um pedaço da sua coxinha e um gole da sua coca, ele exigiu. Não dou, eu disse. Tudo o que eu sabia dele era a fama que ele buscava sedimentar entre os colegas de sala e de ano, e eu nunca gostei da ideia de dividir o que quer que seja quando não acho justo. Ele deu um chute na minha mão, fazendo com que a coxinha e o refrigerante caíssem no chão. Pois ninguém mais come, ele disse, e saiu de perto de mim rindo. Resignado, juntei a coxinha e a garrafa e coloquei tudo no lixo diante de olhos curiosos para saber o que eu iria fazer. Mas eu apenas me virei e fui em direção às escadas onde estava a minha sala de aula. Lá, encontrei-a como queria: sem ninguém. Pela manhã, éramos uma sala de 4º ano, pela tarde, porém, a sala era utilizada para alunos da Alfabetização e, em toda a sua circunferência, havia pranchetas de madeira com pegadores de ferro penduradas na parede. Procurei por uma que tivesse com a ponta do prego que segurava o pegador na madeira solta, e a coloquei na parede perto da carteira onde eu sentava.

 Desci para a quadra para subir com a turma, já que tínhamos obrigatoriamente que subir em filas. Quando eu estava chegando à quadra, vi que Mário me olhava de esguelha. Decidi então que agiria rápido: Vamos aqui na sala, eu disse. Seguro de sua superioridade, Mário riu com escárnio e perguntou o que eu queria. Fiz um gesto com a mão para que ele viesse comigo – ele me seguiu. Fui até a minha carteira, removi a prancheta da parede e, quando ele se aproximou, usei-a com força na cabeça dele, atento para que o prego perfurasse seu couro cabeludo enquanto eu arrastava o pegador por sua cabeça o máximo que eu podia. Eu não sei o que queria com aquilo, mas tinha a certeza de que havia uma mensagem principal clara: comigo, haveria consequências.

Mesmo para mim, acostumado a maldades alheias, o que eu provocara em Mário não era apenas um gesto de violência deliberado. Eu não entendia ainda, mas era a minha maneira de canalizar tudo o que eu sentia nos outros espaços da minha vida. Nem antes daquilo, nem ao longo da vida, me tornei uma pessoa de gestos de vingança, mas de arroubos de ações baseadas no impulso, o que não poucas vezes me trouxe problemas. Mário, que urrava de dor enquanto eu apenas o observava, havia retirado o pino da bomba. Ali estava o resultado.

O sangue começou a escorrer de sua cabeça, para onde ele levou as mãos e as retirou encharcadas. Eu vou morrer, eu vou morrer!, ele gritava. No som da sala havia começado a tocar *Moonlight serenade*, de Glenn Miller, sinal de que as filas formadas na quadra já estavam subindo: era hora de voltar para a segunda leva de aulas. As filas passavam no corredor diante da porta da nossa sala, as crianças e adolescentes olhavam para dentro com estupor, os professores tangiam todos para dentro das respectivas salas, com receio de que logo mais houvesse tanta gente amontoada sobre nós que o caos se generalizasse, e ao mesmo tempo, em seus olhares, a estupefação. Não sabiam exatamente como proceder entre o ajudar o aluno com sangue nas mãos e escorrendo pelo rosto e controlar os seus quarenta e tantos alunos que deveriam estar dentro de suas salas. Puderam finalmente respirar aliviados quando viram a professora da minha sala subindo as escadas à frente da turma. Alguém gritou para ela, Um aluno seu está com problemas dentro da sala!, ao que ela apertou o passo até a porta e, quando viu a situação de

Mário, abriu os braços como um enorme pássaro se preparando para o voo, de modo a que ninguém entrasse na sala. Àquela altura, outros adultos já estavam mobilizados no corredor. Mário foi levado para a sala da diretora, que se tornaria uma enfermaria improvisada, enquanto eu fui levado para a coordenação. Quando me perguntaram por que eu havia feito aquilo, disse apenas, Ele fez por merecer.
Que era uma frase utilizada pelo meu pai quando me batia.
Eu tinha oito anos.

✻

Aos dez, foi a vez de Mardem.
A escola havia escolhido dar uma chance a mim: eu não seria expulso, contanto que meus pais me levassem a uma psicóloga, que deveria enviar à direção, mensalmente, uma carta informando sobre minha melhora no comportamento, um salvo-conduto para que eu pudesse ter trânsito livre num território anteriormente por mim ameaçado.
É preciso contar como isso não funcionou.
Às sextas-feiras podíamos levar nossos brinquedos para o colégio. Entendia-se então que isso facilitaria a interação entre as crianças do mesmo nível escolar durante o intervalo do recreio. Logo depois dos inúmeros périplos supostamente espirituais pelos quais eu havia passado naquele ano, comecei a ganhar peso novamente e a voz do homem que dizia que iria me matar do mesmo jeito que havia morrido para então tomar posse do meu corpo havia ido embora. Tendo sido eu tantas vezes na infância um Lázaro, acostumei-me a receber presen-

tes como forma de compensação temporária pelas mortes que me impingiam. Levei para o colégio um estojo contendo dez carrinhos feitos do que penso que era aço, por ser um material pesado, rodas de borracha, acabamento bem feito, cada um pintado cuidadosamente de uma cor diferente. A aula antes do recreio era um angústia para a ansiedade juvenil: ninguém prestava atenção direito, tão excitado ficávamos para sair para o intervalo e mostrarmos uns aos outros os brinquedos que havíamos levado.

Sempre cuidadoso e metódico, não levei tudo para o recreio; tinha medo que algum se perdesse na bagunça das brincadeiras, ou fosse quebrado. Muitos carrinhos significaria muitas mãos, e eu não conseguiria ter o controle visual da farra. Levei três, deixei os outros sete dentro do estojo, sob a carteira, na sala de aula. A ingenuidade de então às vezes me parece ser um forte levante de um homem só dentro de mim até hoje: na volta, nenhum dos sete carrinhos estava onde eu os havia deixado. Mas o que é visto se transformar em palavras é atemporal; e a palavra ao vento, sabemos, se transforma em fofoca, notícia ou conhecimento – e às vezes as três coisas se confundem bem. Não demorou até que viessem me contar o paradeiro dos meus brinquedos – e eu, ousado, fui até a carteira de Mardem, um garoto grande, gordo, muito maior do que eu, enfiei a mão por baixo de sua carteira e de lá retirei estojo, caderno, um livro ensebado, que ele provavelmente reutilizava do irmão, como todos nós fazíamos, e os meus sete carrinhos, que caíram no chão. A professora se virou para me dar um sermão, mas antes que ela pudesse dizer qualquer coisa eu já estava falando alto, acusando-o de roubo. Mardem ficou pálido, ameaçou chorar, e disse que não havia sido ele que colocara meus carrinhos lá. Eu disse que sabia que havia sido ele, sim – e contei tudo o que me disseram, em detalhes, sem mencionar quem havia me dito. Talvez eu pudesse ter sido um bom jornalista. Antes que a professora nos retirasse de sala – e aquela era do tipo Resolvam lá fora, na sala da coordenação – eu vociferei um Isso não vai ficar assim no caminho entre a carteira dele e a minha.

E não ficou. No dia seguinte, eu arregimentei meus amigos e disse, Hoje, no final da aula, todos nós fazemos a ponta de um lápis, eu seguro o Mardem aqui dentro da sala e a gente faz tocaia pra ele, todo mundo ataca na mesma hora, uma parte enfia os lápis num braço, outra no outro. Éramos seis. A raiva me tomava, mas eu não transparecia porque queria que parecesse aos outros garotos que era justiça. Quando o sinal nos informou que era o fim da aula, um dos meninos foi puxar assunto com Mardem, que arrumava suas coisas pra sair. Eu me demorava porque não podia ficar mais ninguém lá. Os outros meninos também levavam mais tempo do que de fato precisariam. A um sinal meu, a sala vazia, todos se levantaram. Precisávamos ser rápidos porque em pouco tempo o faxineiro apareceria e nos mandaria sair. Marcelo, um dos meus amigos, enfiou o lápis no braço do Mardem. O ataque o pegou de surpresa, e o grito que ele soltou foi tão dolorido que nem eu nem nenhum dos outros meninos teve coragem de continuar o que combinamos. Já não se via a ponta do lápis, toda enterrada em seu braço, do qual o sangue parecia jorrar num esguicho.

Mardem levou muitos pontos no braço e precisou passar por uma pequena cirurgia. Marcelo e eu fomos suspensos e o clima em casa, claro, tornou-se ainda mais opressor, com meu pai se achando no direito de cobrar resultados escolares com os quais ele nunca realmente se importara apenas para ter uma forma de me bater. Se era para punir ele rapidamente aparecia, sem falhar.

✱

A saúde do meu avô Elizeu entrava em declínio rapidamente. No que ficou em minha lembrança, sua fala estava cada dia mais embaralhada, e ele começou a impor dificuldade às coisas mais comezinhas. Beber água, se alimentar, acordar e dormir nos horários da rotina da casa – tudo isso passou a ser pacientemente negociado com ele como se ele fosse uma criança mimada de quem os pais haviam perdido o controle. Havia uma atividade, no entanto, que ele não refutava: o banho, porque era eu quem dava e por alguma razão ele achava o momento divertido. Deve ser dele a minha paixão pela água em meu corpo. Dar banho em meu avô era uma alegria para mim, mas também um momento de fuga: enquanto durasse o banho, eu não tinha que conviver com Silvio.

Com a rigidez do corpo que o cérebro paulatinamente lhe impunha, fiz a tolice de comentar com a minha mãe que ele estava dando mais trabalho para se vestir após o banho. Ato contínuo, no banho seguinte meu primo Silvio apareceu no banheiro, trancou a porta e disse que minha mãe havia pedido para ele me ajudar, já que meu avô estava tendo algumas dificuldades. Você não precisa me ajudar em nada, eu me viro com ele, disse ao meu primo. Silvio ligou o chuveiro, e meu avô ficou debaixo d'água, manso. Com o barulho da água sobre meu avô, Silvio me forçou a ficar de joelho na frente dele e colocou seu pênis em minha boca. Não estava muito rígido, ele se mostrava algo nervoso, mas como não me ouviria se tentasse falar comigo e como eu não poderia dizer qualquer coisa sobre o que estava acontecendo ali num tom de voz mais alto, todo o ato se dava de forma silenciosa, numa cumplicidade odiosa, feita através de gestos de desejo e repulsa a um só tempo, como se eu, sabendo que não poderia me livrar de mim mesmo, aceitasse ceder a impulsos primitivos, diante do testemunho do meu avô que, embora enxergando tudo, nada via.

Senti os tufos dos pelos pubianos de Silvio roçando meus lábios e meu rosto. Quando saí da posição em que estava, ele se deitou no chão do banheiro, de costas, e gesticulou indicando para que eu deitasse sobre ele, o que eu me recusei a fazer. Apontei para o meu avô com um dedo, ele fez um sinal com a cabeça como a dizer que ele não entenderia nada. Eu fui até a torneira do chuveiro e o desliguei. Pensei que ele entenderia a mensagem, mas não: ele continuou pedindo através de gestos para que eu deitasse meu corpo nu sobre o dele. Fui até o meu avô e o ensaboei. Silvio se levantou, abriu a porta e saiu do banheiro.

✳

Nos dias seguintes, os abusos de Silvio durante o banho em meu avô continuavam. Algumas vezes ele se colocava diante de mim pra me chupar, mas na maioria das vezes era eu que tinha que colocar minha boca em seu pênis, e sempre aquele cheiro forte de esmegma acumulado nas reentrâncias do pau dele, os pelos não aparados em meu rosto. Às vezes, quando parecia que eu iria engulhar, ele se afastava de mim e passava a beijar minhas virilhas, meu saco, meu pau. Sob o chuveiro meu avô deixava a água cair como se não houvesse mais nada – e talvez não houvesse mesmo: a não compreensão do seu entorno fazia com que cada minuto vivido por meu avô fosse um ontem instantâneo.

À noite, deitados no quarto, Silvio dizia coisas como, Não tem problema nenhum, ele nem sabe o que está se passando. E eu queria apenas dizer, Mas eu sei. Eu sei, Silvio. E eu não quero. Mas eu não me forçava a dizer essas palavras porque no fundo eu queria. Anos depois, quando eu comecei a sair pelas madrugadas em busca de sexo, entendi por que fui atrás de homens como os que acabei procurando, mas ali, aos 11 para 12 anos, eu só entendia que tudo era descoberta, e eu queria entender muito do que se passava comigo também.

Isso durou até o dia em que, deitado no chão do banheiro, Silvio quis deitar por cima de mim. Quando meu avô teve dificuldades para me ver, começou a chamar pelo meu nome incessantemente, e uma das empregadas da casa chegou à porta do banheiro para saber se estava tudo bem. Está, Ilma!, eu disse. Silvio se assustou, eu conseguia sentir o coração dele disparado sobre o meu corpo, ele sem entender o que estava se passando, porque certamente conseguia ouvir apenas sons indistintos.

Meu avô era o único que saía do banheiro limpo.

✳

Mãe, tenho uma coisa para lhe contar.

Comecei essa frase tantas vezes na minha cabeça ao longo dos anos, até que um dia, com minha irmã ausente do carro novamente, eu disse: Mãe, a senhora é mesmo minha melhor amiga? Ela olhou rapidamente para mim, sentado no banco ao lado, e voltou o olhar para o tráfego. O gesto dizia, Que conversa será que vem por aí? Hein mãe, me responda!, exigi. Claro que sou. E seu pai também, ela disse, sem muita firmeza. Andou tirando nota baixa em matemática de novo, Marco Aurélio? Eu fiquei em silêncio. Mãe, o Silvio fica pegando na minha pinta de noite. E desde que a senhora mandou ele ajudar no banho do vovô, ele fica querendo mexer comigo porque sabe que o vô Elizeu não entende nada. Dirigimos por muito tempo calados, sinal de que minha mãe foi tomada de surpresa. Mas também era sinal de que lá vinha uma fala longa, que ela soltou aos borbotões: eu precisava parar de inventar histórias sobre os meus primos e para os meus primos. Ou eu fazia isso ou não teria a amizade de nenhum deles, nem dela nem do papai, que iriam deixar de acreditar em mim. Mas você já não está acreditando agora, eu disse. E tem como acreditar, meu filho? Você faz tudo para afastar seus primos de você! Veja as coisas que você inventou sobre a vizinha da sua tia Consuelo para o seu primo! As brigas em casa com o Júnior, a Viviane, fazendo sua tia Mariazinha ir buscá-los antes do dia combinado e me fazendo morrer de vergonha. Eu sei que você não gosta do seu primo, mas isso é uma acusação muito séria.

O discurso continuou por esse caminho.

Melhor amiga. Claro que sim.

✳

Passei a ler como nunca. Adentrando a adolescência, eu no entanto nunca tive a sensação de transição da fase jovem, sem grandes responsabilidades, para a fase adulta da vida e suas obrigações. Nem o corpo me dizia isso, nem a mente me dizia isso, porque de certa forma eu sempre precisei ser o adulto que nunca foi realmente criança. O corpo que sigo tendo – ou melhor, o que fiz do meu corpo até hoje é a prova de que nada se perde, tudo se acumula. Em mim, caderno de anotações de mim mesmo, estão todas as fases, os tempos, as tentativas de refazer caminhos. Cresci vendo dentro de mim o mesmo garoto cuja foto tirada aos seis anos continua pendurada na parede. Um miniadulto, que Deus o tenha. Agora eu só queria ser uma criança grande, mas isso também não me seria concedido. Estando do lado de cá da vida, a prerrogativa é sempre o não. O resto é luta.

05. Cautério

Após a decisão de internar meu avô, fiquei sabendo que não o veria mais por algum tempo. Vovô está fraquinho, foi como explicou minha mãe, apesar de detestar diminutivos e nunca ter permitido que as pessoas me chamassem de Marquinho, e precisa se recuperar. Fiz que sim com a cabeça, mesmo sem compreender muita coisa. Ela era a adulta, e que podia eu no mundo deles?

No dia em que me permitiram ir visitá-lo, no entanto, percebi que minha mãe não havia mentido. De rosto pálido e olhos fechados, meu avô respirava através de aparelhos e segundo a conversa que entreouvi da minha mãe com uma tia, somente por duas ou três vezes ao dia ele acordava e interagia, invariavelmente derreado. Fui avisado de que não o visitaria mais até que ele se fortalecesse e pudesse voltar para casa. Se despeça do seu avô, disse minha mãe, raramente imperativa e com tanta certeza que somente a juventude para não me fazer compreender o que ela queria dizer com aquelas palavras.

✺

Poucos dias depois ouço um entra-e-sai de irmãos e irmãs na minha casa, vozes alteradas, discussão. Meu avô havia acordado decidido a fumar um cigarro. Alguns irmãos defendiam que por ele estar morrendo era uma espécie de último desejo que não lhe poderia ser negado. Fumar dentro do hospital, onde já se viu uma loucura dessas?, disse uma das irmãs. Ele está sozinho no quarto, eu mesmo posso despistar a enfermeira enquanto ele fuma o cigarrinho dele, ora essa. E o cheiro depois, você acha que ela não vai notar?, respondeu a mesma tia. O irmão que havia falado antes, João Luís, disse, Foda-se, Helena. É só uma forma de dar ao velho um último prazer na vida. Se a gente tiver que responder na justiça, que seja! Fale por você, ela revidou, eu não quero confusão nenhuma pra cima de mim. Eu assumo, não tem problema. Fizeram uma votação entre os irmãos presentes, e como resultado acharam mais prudente não realizar o desejo do velho.

Incapaz de qualquer protagonismo, mulher sombreada que minha mãe sempre fora, encontrou para si um espaço para ser maior do que sua vagante pequenez diante do inusitado pedido de um pai que precisou ser internado porque já não conseguia mais respirar por si. Levou de forma clandestina, quase como se tivesse adquirido através de contrabando, o cigarro que meu avô fumou durante décadas até parar anos antes.

O plano consistia em ficar do lado de fora da sala e avisar minha mãe quando a enfermeira se aproximasse. Ela levaria meu avô para fumar no banheiro do quarto em que ele estava instalado. E assim fizemos. Soube depois através dela que ele dava uma tragada no cigarro e uma na máscara de oxigênio. Ela não sabia ao certo, mas pelo olhar ela podia jurar que ele havia recobrado a lucidez, especialmente ao agradecê-la entre uma baforada e outra, Muito obrigado, minha filha. Não precisa agradecer, papai. E ele sorria, feliz. Terminado o cigarro, ela o levou para a cama, reorganizou o que precisava para acomodá-lo confortavelmente, e saiu do quarto. Levantou a mão espalmada para que eu batesse a minha na dela, e por poucos segundos eu vi a centelha da satisfação, senão mesmo a da alegria, tomando todo o rosto de minha mãe, no que me fez vê-la como a jovem que ela era antes do meu pai.

A vez seguinte em que vi meu avô, dois dias depois, ele estava morto. Ninguém jamais soube que minha mãe havia realizado seu desejo, e esse continua a ser, décadas e décadas depois, o único gesto de cumplicidade compartilhado com minha mãe.

✱

Mazé era uma mulher baixa e corpulenta, tinha uma voz esganiçada, mas firme, e claramente detestava criança, apesar de trabalhar numa casa onde existiam duas. Por ordem do meu pai, que achava que eu passava tempo demais diante da TV assistindo Pica-pau e Chaves, durante as férias eu deveria acordar cedo como se fosse para o colégio, Para não perder o hábito, ele dizia. Ela deveria me levar para caminhar nos arredores de nossa casa – uma região, naqueles anos 80, de poucas casas e muitos bosques e córregos. Acho que comecei a amar as manhãs ali, naquelas caminhadas matinais com Mazé. Era um tal prazer o contato direto com a natureza, que pouco me importava que ela passasse o trajeto da ida inteiro fumando. Na volta não fumava que era para o odor do cigarro não impregnar demais nas roupas e algum dos meus pais perceber que ela fumava perto de mim.

E foi por ameaçar contar aos meus pais, num dia em que ela disse a mim que não iríamos até a ponte sob a qual passava um pequeno lago onde eu gostava de contemplar os peixes, que ela apagou o cigarro na minha barriga e disse aos meus pais que eu havia pegado um resto de cigarro aceso do chão e me acidentado. Se você contar a eles uma história diferente disso, vai sofrer algo ainda pior, disse com um olhar sisudo que por si só já era um tom de ameaça.

Mas aquele era o tempo em que meu pai repetia muito que era o meu melhor amigo – e eu, perseverante, insistia em tentar acreditar, colocando a amizade a teste. Às vezes funcionava.

Na presença de Mazé contei a história combinada. Horas depois contei a meu pai o que havia de fato acontecido. De repente estávamos todos ao redor de Mazé na mesa da cozinha: eu, meu pai, minha mãe, acuando a mulher contra uma parede. Ilma, a outra empregada da casa, e Silvio, que estava lá nas férias, como quase sempre, observavam de longe. Minha irmã devia estar no quarto dela.

Depois da longa conversa que tiveram, e de exigir que Mazé fosse embora da nossa casa naquele mesmo dia, minha mãe veio passar uma pomada na ferida causada pela ponta do cigarro. Apesar da dor, dormi feliz, porque sabia que naquela noite, e também nas próximas, enquanto a ferida sarasse – e eu faria de tudo para que a recuperação ocorresse bem lentamente – eu não seria bulinado pelo meu primo.

*

Já passava das nove horas da manhã quando meu avô desapareceu.

Eu havia acabado de entregar em suas mãos uma tigela com as frutas que ele gostava àquela hora da manhã: banana, maçã, mamão e laranja, tudo cortado em pedaços pequenos, que ele comia de forma contemplativa na calçada em frente à minha casa, numa rua bucólica de pedras de calçamento, acenando para um e outro passante como se os conhecesse, muitas vezes ignorando o sol que lhe cobria o rosto de luz só para depois reclamar de uma intensa dor de cabeça.

Fui ao banheiro e, quando eu voltei, ele não estava mais lá. Havia apenas a cadeira de fios vermelhos de plástico entrançado onde eu os havia deixado – até a tigela de frutas havia sumido. Entrei em casa sem fôlego avisando a situação, mobilizamos quem pudemos, até que vovô foi encontrado mais de meia hora depois, na casa de uma mulher três ruas depois, que o vira desorientado e o acolhera. Minha mãe, com seu jeito neurótico, passou-lhe um sermão sobre como poderia ter sido se ele tivesse sido encontrado por marginais ao invés daquela senhora e que ele não deveria dar aquele tipo de preocupação a ela. Sentado, ele olhava para o vazio, aquela altura já tão alheio a tudo que era claro que o discurso de minha mãe só servia para alimentar seu contumaz jeito de ser, um comportamento que repetia com todos.

Alguns dias depois meu avô precisou ser internado. Sua respiração vinha ficando mais ofegante, e os batimentos cardíacos mais espaçados. Eu adorava o meu avô e não queria perdê-lo, mas, por alguns instantes, celebrei. Silvio estava passando mais uma temporada lá em casa, e não ter meu avô em casa para dar banho e vestir significava que eu não teria Silvio me abusando dentro do banheiro novamente. Pelo menos aquela parte dos abusos não existiria mais.

Enquanto eu pensava nessas situações como oportunidades para me fortalecer e me distanciar dele, eu também tinha a certeza do quanto depender delas me fragilizava. Era como se a saída do labirinto, ou o vislumbre dela, sempre tivesse de ser mostrada a mim por alguém – eu jamais poderia chegar a ela sozinho – que no entanto não passava de uma quimera. E vislumbrar a saída sem movimentar a porta para que eu a atravessasse era como nunca sair do pesadelo.

De onde de fato eu nunca saí.

✻

Entrei no parque de diversões deslumbrado.

Acabara de ouvir meu pai dizer, Vá, meu filho, enquanto entregava os ingressos para a mulher ao lado da catraca, que nos liberava um a um.

Ferida na pele cicatrizada, minha irmã e alguns primos por perto, e a algazarra causada por outras crianças e adolescentes no parque que havia sido instalado num terreno enorme que recebia ocasionalmente eventos itinerantes. Para onde olhássemos, a definição de alegria entre rodas-gigantes, casa do terror, carrossel, montanha-russa, muitas luzes piscando, gente passando com algodão-doce e sorvete, brinquedos ganhos em máquinas de tiro ao alvo, nossos tênis fazendo um barulho que me lembrava algo crocante sendo mastigado ao caminharmos pela brita que havia sido espalhada por todo o espaço. Em momentos assim eu era tomado de uma alegria tamanha que era como se só aquilo existisse. Minha mente apagava todo o resto e se concentrava na alegria do instante, como se soubesse que era preciso adentrar ali, naquele lugar, o carpe diem com o qual eu romperia mais tarde na vida por considerá-lo uma ode ao imediatismo contra o qual sempre lutei (até ali, em vão).

Andávamos em bando para que não nos perdêssemos, solução encontrada pelo ser humano para sua autopreservação há séculos. Senti o impacto quando meu pai disse que iríamos para a roda-gigante, Vamos ver a cidade do alto!, afirmou num tom deslumbrado, como se ao anoitecer fosse possível distinguir muita coisa além de pequenos pontos de iluminação, estrelas terrestres. Minha vontade era correr para longe. Já havia visto a cidade do alto, à noite, de dentro do avião, naquele instante em que a aeronave vai perdendo altura até estar pronta para o pouso: minúsculos pontos espalhados em toda parte, como um rosário incandescente, e para mim nada do que eu vi era reconhecível. Foi mais ou menos o que eu disse a meu pai. A isso ele respondeu, Mas vai ser muito bom ficar pendurado lá em cima, sentindo o vento solto no rosto. Eu, que nunca sonhei em voar, sendo instado a ficar sentado num círculo semovente, me segurando numa barra de ferro circular no meio do receptáculo presa à haste que o segurava ao corpo do aparelho que giraria sabe lá Deus quantas vezes. Eu, que de passarinho não tenho coisa alguma, me vendo como num poleiro e pior: sem a chance de sair de lá apesar da liberdade à minha frente. O que significava ser livre? Como acessar essa liberdade, se diante de mim estava o convite-ordem de meu pai? A única solução foi a humilhação: comecei a chorar. Meu pai tinha um sorriso desconcertado quando se via em situações vexatórias: ele olhava rapidamente para os lados com um meio sorriso, como a averiguar quem estava testemunhando a cena, e depois a transformava em espetáculo, ao escarnecer tanto de mim quanto de minha irmã, na frente de quem fosse. Em segundos ele já estava me chamando de viado e dizendo que homem não deveria ter medo de altura, como se todo mundo tivesse pretensões a trabalhar pendurado em postes ou em voos de asa delta. Dirigindo-se apenas aos meus primos, disse, Vamos para outro brinquedo, deixem o Marco aí para ele brincar onde quiser. Em seguida deu as costas e saiu. Os primos o seguiram, meio constrangidos e cabisbaixos. Eu fui alguns passos atrás, ignorando o recado.

Quando chegamos ao brinquedo seguinte, minha empolgação voltou. Ele lembrava um pandeiro, por causa do formato, com lugares para todo mundo se sentar lado a lado. Às nossas costas, barras de ferro por onde entrelaçávamos nossos braços e nos segurávamos usando apenas as forças das mãos, já que a brincadeira consistia em girar e sacolejar, como se estivéssemos num touro mecânico circular, ao qual davam o nome de samba. Na fila, eu via quando os corpos de crianças e adolescentes se elevavam e se chocavam contra o lugar onde eles estavam sentados, cabelos esvoaçavam e a gritaria era geral. Meu pai disse que naquilo ele não iria. Um dos primos, mais provocador, perguntou o porquê. Ele disse que não tinha onde deixar a bolsa que carregava à tiracolo, um objeto quadrado de couro que o fazia vez ou outra ser confundido com um fotógrafo. Por fim, depois de ser provocado por todos, menos por mim e minha irmã, ele resolveu que ia, o que acabou se mostrando um desastre. Depois que todos saímos da algazarra, rindo, brincando uns com os outros e prontos para o próximo brinquedo, meu pai reclamava de enjoo e tontura. Passei há tempos da idade para essas estripulias, disse meio que para si mesmo.

Por conta disso, o passeio foi encurtado. Ele ficou alguns dias acamado, vomitando, e precisou ser levado por minha mãe a um hospital, onde foi medicado. Sobreviveu, é claro: ainda havia muito estrago a ser feito.

✳

Alguns meses depois, nas férias, meus pais resolveram fazer uma viagem de carro com o meu tio Fernando, a esposa, Maria, e seus três filhos. Nunca fiquei entediado em longas viagens de carro porque minha mente estava sempre muito ocupada observando e imaginando coisas. Era gostoso ver meus pais conversando enquanto seguíamos o carro do meu tio por estradas desconhecidas às quais tínhamos acesso graças a mapas adquiridos minutos antes da viagem em banca de jornal.

Como se tivesse esquecido do que havia feito no parque de diversões, ao chegarmos em Orós meu pai quis subir num mirante bem ao lado do imenso açude de mesmo nome, de onde se via e se sentia a força da água. O lugar era pequeno e apertado, circundado por um alambrado de aparência frágil, contrastando com a imensidão da força da água caindo no reservatório. O vento trazia gotículas a mil por hora, o que nos dava a sensação de estarmos sendo picados por pontas de agulha geladas que explodiam ao tocar na pele. Subi os degraus e, quando vi toda aquela enormidade à minha frente e para onde quer que se olhasse, fechei os olhos e coloquei as mãos sobre eles. Ah não, já vai começar de novo? Minha proteção era fingir que não tinha ouvido, e continuei me fingindo de invisível, enquanto era molhado indiretamente pelas águas do açude. Meus outros familiares também subiram, menos as mulheres, e meu primo Júnior, o mais velho de nós, disse, Olhe sem medo, Marquinho, não tem perigo de nada. Abri uma brecha entre os dedos e caminhei em direção aos degraus. De onde estava meu pai ordenou que eu voltasse. Fique aqui! Você só vai descer quando eu disser que pode – o que significa que eu só desceria quando ele também descesse. Minha mãe olhava para a cena com a mão aberta, tapando o sol, e permaneceu calada. Foi Maria, a esposa do meu tio, que intercedeu. Deixa o Marquinho descer, ele não está gostando de estar aí, falou para o meu pai. Meu pai também se fez de invisível para a minha tia. Quando ele resolveu sair de lá, eu o segui em silêncio. Minha mãe olhou para mim também em silêncio e me entregou uma toalha, que ela havia retirado de algum lugar de dentro do carro, e esse foi seu gesto máximo. Eu permaneci invisível para ele, que passou outro grande trecho da viagem sem me dirigir uma palavra. Para mim, nada de anormal, era só o comportamento de sempre: eu seguia sendo nadificado para o meu pai. Mas doía mesmo assim.

✱

Minha mãe reclamava de dores na garganta quando disse que estava preocupada com a situação de sua tireoide. Por que não vai ao médico?, perguntei. Eu vou. Faço acompanhamento de seis em seis meses há muitos anos com o doutor Frederico. Ele disse que os pólipos que tenho não oferecem risco, é só tomar os remédios e ir lá duas vezes por ano. Eu disse a ela que pediria uma segunda opinião. Ela me respondeu dizendo que o doutor Frederico tinha diploma "até em Harvard".

Particularmente, não me surpreendi quando foi constatado que os tais pólipos eram cancerígenos. Era de mim saber das coisas antes de ter conhecimento delas, sentimentos que me acompanham desde sempre. Ignorei dentro de mim a vontade de dizer a ela Eu tentei avisar, enquanto colocava as mãos espalmadas na altura dos ombros fazendo um muxoxo; não se espezinha a dor dos outros, em circunstância alguma. Àquela altura eu já não morava mais com meus pais, de modo que não precisaria lidar com o drama dela de frente. Eu havia assistido a um filme, anos atrás, de uma jovem que, atendendo ao pedido do seu pai, voltava a morar com os pais para ajudar no tratamento de câncer da mãe de modo a que o pai pudesse ir trabalhar para custear as despesas da casa. Pouco a pouco a saúde da mãe se deteriora, e a filha se via numa relação de amor e ódio como nunca, arrependida por ter cedido ao pedido do pai, quando poderia muito bem estar no emprego que tinha antes e perto do namorado. Se eu tivesse que passar por aquela situação, minha relação seria a mesma. Felizmente, soube que minha mãe faria algumas sessões de iodoterapia e uma cirurgia para a retirada dos tumores. Eu poderia continuar morando sozinho, sem qualquer cobrança deles.

Quando ela saiu da sala de cirurgia, ficamos sabendo que ela não poderia falar por vários dias. No dia em que finalmente falou, um fiapo de voz. Nos dias e semanas que se seguiram, também. Foi constatado que o médico havia machucado algo em suas pregas vocais, e a voz de minha mãe ganharia para sempre um aspecto de voz de passarinho. Conivente com tudo ela sempre foi, agora seria compulsoriamente silenciada.

No começo, havia a agonia de não poder se comunicar com a desenvoltura de antes, a frustração por não se fazer entender ao telefone mesmo depois de várias sessões de fonoaudiologia. A ausência de voz de minha mãe se tornou seu grande inferno particular. Toda a sua vida girava em torno de falar. De si, dos outros, de resolver coisas. E agora que sua voz havia sido colocada em camisa de força, a solução parecia ser acostumar-se a ser outra. Sendo que como ser outra se a anterior não havia morrido no centro cirúrgico, e como dar oportunidade de fala àquela que, tendo sofrido um erro médico, não tinha mais como se comunicar? Em larga medida ambas passariam a viver eternamente em conflito dentro do mesmo corpo, e a impossibilidade de resolver esse impasse continuaria a perpetuar o sentimento de constante insatisfação com a vida que impregnava tudo de ódio.

06. Atol de Bikini

Quando eu nasci, a farmácia dos meus pais já existia. Eles eram sócios do irmão de meu pai e de sua esposa. Os quatro cuidavam do negócio como um complemento à renda principal das famílias. Aos sábados meu pai retirava o carro da garagem por volta de 18h e levava a mim e minha irmã até a casa do meu tio, onde ficávamos com meus dois primos gêmeos até o horário em que fechavam a loja e meu pai ir nos pegar. Meu pai tentava fazer com que socializássemos também com o lado da família dele, que tinha apenas aquele irmão e aqueles filhos, ao contrário do lado de minha mãe, no qual havia mais primos porque havia uma quantidade imensa de irmãos.

As brincadeiras sexuais começaram quando minha irmã deixou de querer ir para este convívio semanal e ficávamos sozinhos com uma empregada que se retirava cedo para dormir. Em algum momento resolvemos "brincar de dormir" também. Foi o momento propício para que, deitados juntos no escuro, eu começasse a querer tocar o corpo dos meus primos. Àquela altura eu ainda não poderia entender, mas ali estava, uma vez mais, a luta de cabo-de-guerra que imperava dentro de mim e que por muitos anos governaria os meus atos: a minha sexualização precoce, iniciada com meu primo Silvio, fez com que eu descobrisse esse tipo de prazer e quisesse reproduzi-lo onde eu achasse que houvesse chance. Acabei me tornando algoz ao, inadvertidamente, fazer com meus primos o mesmo que havia sido feito a mim, ainda que eu intuísse que aquilo não era "certo". Hoje compreendo que esse movimento veio dessa descoberta antecipada do desejo sexual, mas eu não agia da mesma forma hostil, inclusive porque eu tinha medo de ser descoberto – e naquela altura da vida, eu já tinha envolvido gente demais na teia do meu desejo.

Com eles dois não lembro muito bem o que fazíamos, mas sei que não passava de toques. Descobríamos nossos corpos em conjunto, nos tocando e sentindo os membros pulsarem. Um deles adorava a brincadeira, a ponto de que quando eu quis parar, ele mesmo vir procurar; o outro sempre repudiou, mas topava porque, estando ali conosco, era como se concordasse com o que estava acontecendo. Assim, fosse durante minhas idas aos sábados para a casa deles, ou nas férias de meio ou de final de ano, quando íamos para o interior e aproveitávamos a sesta, quando toda a cidade parava para dormir umas duas horas para nos trancarmos no banheiro e brincarmos mais ou menos em silêncio, os três participavam desses momentos de prazer, embora um deles não quisesse tanto, a ponto de muitas das vezes o pau dele nem subir. Se soubesse que dali a pouco menos de vinte anos estaria morto, ele teria se permitido mais ou repudiado ainda mais o que eu e seu irmão fazíamos?

✵

Meu primo havia ido num ateliê de joias receber as alianças de compromisso que havia mandado fazer para usar com a namorada – a mulher com quem ele sonhava em casar desde que se conheceram. Dos dois irmãos, ele sempre me parecera o menos aberto a gestos amorosos, mas quando demonstrava estava muito seguro do que sentia, diferente de seu irmão gêmeo, mais emotivo e sensível, mas que era dado a arroubos de emoção impetuosa, como se em determinadas situações ele fosse tomado de um sentimento tão grandioso que o ultrapassava, e aquilo tinha que transbordar – muitas vezes em palavras e gestos de carinho com pessoas com as quais depois ele viria a se decepcionar, ou que não pareciam ser tão importantes assim. Eu e ele sempre fomos mais próximos porque eu também sou assim – embora depois da morte de seu irmão gêmeo ele tenha ficado mais ensimesmado – mas não endurecido, o que continua a ser um ponto que nos aproxima. Nunca conversamos sobre o acidente que matou seu irmão, no entanto. Quer dizer, estranhamente, conversamos no velório, que teve que ser de caixão fechado, porque o corpo ficara numa situação impossível de ser mostrada ao público, e depois nunca mais tocamos no assunto de forma direta. Nos muitos encontros que tivemos depois seu nome sempre surge, as lembranças, compartilhamos risadas e dizemos coisas como Ah, se ele estivesse aqui agora, hein?, que é uma forma de trazê-lo para perto, mas depois ou a presença dele se esvanece em meio a outros assuntos ou o teor etílico do momento faz com que a conversa se transforme numa choradeira dessas que só a saudade evocada pelo álcool é capaz.

    Por alguma razão que jamais saberemos, meu primo resolveu voltar para casa através de uma BR que corta a cidade em que moramos, um caminho que ele nunca fazia quando vinha daquela região. Foi quando ele se deparou com um engarrafamento por causa de um acidente envolvendo dois caminhões. Com os carros todos parados em fileira, um caminhão de porte gigantesco, carregado de carros de passeio, bateu em um dos carros enfileirados, criando um entrançado de veículos e um amontoado de ferro empilhado que pegou fogo quase que imediatamente. Três motoristas morreram carbonizados presos às ferragens, meu primo um deles.

Quando o acidente aconteceu, os abusos do meu primo Silvio eram apenas uma lembrança, mas o histórico de minha vida se misturava às muitas memórias de infância que eu havia tido com esses meus dois primos, aos quais eu amava como se fossem irmãos. Na fase adulta da vida, com a faculdade, os primeiros empregos e o caminhar da vida, havíamos nos afastado um pouco, mas nunca deixamos de nos ver de vez em quando – num barzinho, num restaurante ou num café, jamais abdicamos das nossas convivências, e claro, ninguém comentava aquelas agora bobagens da pré-adolescência, uma vez que víamos claramente que a vida seguira normalmente para os três. Isso até a morte de um deles que, da forma que foi, sempre parece que a vida de todos os que o amavam parece andar um pouquinho para trás. Toda perda amorosa é, em algum nível, um retrocesso. Um quase. Um "poderia ter sido". E é justamente o peso da pata do imponderável que nos impede de sermos livres. A perda também nos acorrenta porque passa-se a viver não com os planos que existiam, mas com a ausência, a quebra deles, e esse futuro desejado agora esfacelado é em si mesmo um recuo na vida. Da vida.

Cuidei para que não nos tornássemos apáticos, e conseguimos. Mesmo quando a mãe dele morreu, uns quatro meses depois do seu irmão, isso não mudou. Penso que ele estava ainda tão anestesiado com a morte prematura do irmão que o aneurisma que matou sua mãe pareceu ser apenas mais um capítulo da tragédia iniciada com o acidente de carro. Era como se a morte da mãe fosse parte de um processo que de outro modo seria de embrutecimento, mas que comigo por perto seria da compreensão da necessidade de se fazer aquele luto e seguir em frente. Sem apressar processos, mas olhar para frente. Na verdade meu primo não precisava muito de mim. Psicólogo de formação e casado com uma psicóloga, ambos sabiam se cuidar. Mas a gente precisava se ver mais. Se colocar mais um na vida do outro. Tudo era agora diferente e seria indefinidamente. Se ele se metesse apenas em trabalhar e ir pra casa em seguida talvez fosse mais difícil elaborar o que ele precisava.

Por conta dessa perda passei também a frequentar meus pais que, a seu modo, também tinham as suas. Minha mãe ainda se ressentia daquela voz miada, e meu pai, do desamor dos seus. Talvez porque eles também quisessem negociar com os próprios sentimentos, adotaram um gato. Ou era isso ou o gato havia sido uma solução para aplacar a solidão a dois. Ainda lembro do meu pai dizendo que por ele teriam um bichinho e de minha mãe afirmando logo em seguida que se um animal entrasse por uma porta naquela casa ela sairia pela outra. Como eu voltara a frequentar a casa deles, minha mãe me perguntou se eu não poderia cuidar do Chiquinho enquanto eles faziam uma viagem de uma semana pelo sul do país. Posso, claro. Só que talvez eu levasse Chiquinho pra ficar comigo e não o devolveria mais, ao que minha mãe respondeu em tom jocoso, Você não é doido... Ali, eu entendi. O jovem felino era o depósito de amor que eu e minha irmã havíamos negado a eles desde as desavenças entre eles que nos apartaram. Talvez por amor próprio, talvez por rancor, esta era a configuração – sem volta. E meus pais, sabendo disso, resolveram adotar o gato sem raça.

Antes de viajar minha mãe disse que o filho de um primo dela, "mais ou menos com a sua idade, e até bem parecido com você", iria aparecer na casa deles para ficar de um dia para o outro. Não ia se demorar, era uma visita a dois médicos e só, e ela oferecera, já que a casa estaria praticamente desocupada. Você não se incomodaria em recebê-lo, não é? Sem problema, foi o que eu disse.

O tal filho do primo de minha mãe jamais apertou a campainha da casa dos meus pais, mas dois dias depois que eles viajaram, minha mãe me liga aos prantos: ela e meu pai haviam saído do pequeno hotel onde estavam hospedados para jantar. Quando voltaram, depois de uma boa refeição regada a uma taça de vinho – Nenhum de nós tomou mais do que isso, garantiu – eles entraram no quarto e viram um homem jovem, com exatamente as mesmas características do filho do primo que deveria estar na cidade onde morávamos, deitado na cama de casal com o rosto e o corpo virados para cima. Quando meu pai se aproximou da cama, as portas dos armários se abriram, cruzetas começaram a voar, as gavetas saíram de seus encaixes, tentando atingir meu pai. Tudo aconteceu diante deles, minha mãe jura que nenhum dos dois fez aquilo, e que as coisas que saíam dos armários claramente queriam atingi-lo. Meus pais foram levados à delegacia e tiveram de responder a inúmeras perguntas do delegado. A hipótese era a de suicídio, já que um fio de náilon foi encontrado envolto no pescoço do rapaz, que aparentemente morrera sufocado, mas só o laudo médico poderia informar. Ainda assim, o fato dele não estar na viagem com eles, de meus pais alegarem nunca tê-lo visto e das câmeras do hotel não terem capturado o momento em que ele entrou no quarto, tornavam tudo muito mais confuso.

Para piorar, minha mãe ligou para o primo, que informou sobre a viagem do filho. Ele não está em Fortaleza?, perguntou. Ainda não, respondeu minha mãe. A polícia não encontrou registro da chegada dele no aeroporto nem na rodoviária, e aparentemente ele não alugou carro algum em nome dele. Da mesma forma, não havia registro dele em viagem para o sul do país. No entanto, ele fora se suicidar no quarto de hotel dos meus pais, a milhares de quilômetros do endereço onde deveria estar.

Tudo isso me foi contado por minha mãe ao serem liberados para viajar e ao longo das semanas, quando aparecia novidade. Depois que eles chegaram, eu disse a ela que não queria saber de mais nenhuma atualização sobre o caso. Há anos não me interessava por nada da família, ainda mais sobre o filho de um primo que eu jamais conheci. Inclusive, eu voltaria a não ir mais à casa deles, informei.

Anos depois, ela me disse que ele havia sido encontrado. E quem foi enterrado no lugar dele? Segundo a polícia, um homem muito parecido, que entrou no hotel, encontrou a porta do nosso quarto aberta e se suicidara lá.

✳

Minha mãe nunca escreveu histórias mas por algum tempo foi uma grande leitora dos livros de Agatha Christie e de romances de mistério desses adquiridos em banca de jornal. Sua verve extraordinária para manipular acontecimentos envolvendo os familiares de modo a que ela pudesse retirar alguma vantagem não era algo novo em nosso núcleo familiar. O meu próprio desejo pela escrita, às vezes penso, vem do DNA da minha mãe misturado à imensa capacidade inventiva que meu pai tem; ele no entanto, num estilo mais cronista. Quando criança, ele me levava com frequência para almoçar aos sábados na praça de alimentação de um shopping ao qual gostava muito de ir. Depois que íamos ao self-service e voltávamos à mesa, enquanto comíamos, sua grande diversão era dizer coisas do tipo, Tá vendo aquela mulher ali, com a bolsa vermelha pendurada na cadeira, comendo de colher? Quando eu dizia, Tô!, ele começava a descrever toda a vida dela, seus defeitos, suas qualidades, o lugar onde morava, se era casada, divorciada, se tinha filhos, e eu ficava admirado imaginando como meu pai sabia de tudo aquilo. Quando cresci mais um pouco, menos ingênuo, ele continuava a fazer isso como quem cumpre um ritual de contar histórias. Eu sorria um sorriso cúmplice – agora, ele sabia que eu entendia a ficção – mas deixava-o seguir dando detalhes como se a alegria do nosso almoço dependesse daquilo. E talvez dependesse mesmo. Eu via os olhos dele brilhando enquanto comia algo diferente dos temperos de casa e mergulhava na realidade inventada de uma outra pessoa. Era como se desse a si mesmo um respiro.

Eu não tinha como escapar da escrita.

✱

Foi nessa época dos almoços com meu pai que houve a pré-revelação, aquele acontecimento – ou a repetição deles – que faz os pais entenderem que nada vem sem aviso – e mesmo os indícios, quando não se confirmam, servem para que estes mesmos pais, se atentos, compreendam para onde caminha o desejo: dos filhos, deles mesmos.

Antes de irmos nos servir meu pai me levava para urinar e lavar as mãos no banheiro do shopping na região da praça de alimentação. Com o tempo, passei a entrar no banheiro à frente de meu pai. Eu entrava num reservado, ele entrava em outro, e quando ele saía eu já estava perto das máquinas de secar mãos, esperando por ele. Então aconteceu. Mesmo alerta, não reparei quando meu pai saiu do reservado e se dirigiu até uma das pias para lavar as mãos. Ele olhou para mim de esguelha e concentrou-se em esfregar o sabonete líquido nas mãos e depois em enxaguá-las e secá-las. Como sempre, esperou que alguém abrisse a porta do banheiro para que não tocássemos no trinco sujo, quando então ele a segurava com o pé, esperava eu passar e saía. Daquela vez, fez tudo isso em silêncio.

Durante o almoço, entre uma garfada e outra, nada dele me contar as histórias das pessoas ao redor. Sua fala foi outra. Filho, começou, o que você estava fazendo quando eu saí do banheiro? Eu não disse nada. Foi aquilo mesmo que eu vi?, insistiu, num tom de voz tranquilo. Aos nove ou dez anos, eu não sabia exatamente o que dizer, se era preciso me defender de algo. Seu tom de voz me dizia que não, mas se ele perguntava talvez fosse algo reprovável. Eu estava confuso, mas por alguns segundos eu tive vontade de falar tudo: que Silvio me tocava e fazia com que eu tocasse seu corpo, que eu, mesmo antes disso, ou pelo menos era isso que eu achava, sempre tive curiosidade a respeito do corpo masculino, e que a partir do toque no do meu primo Silvio eu tive, sim, vontade de tocar outros homens e que portanto, sim, eu estava olhando os paus e as bundas dos homens que estavam mijando nos mictórios abertos dispostos lado a lado no banheiro, bem na frente dos reservados, que eram os que nós usávamos. O que você acha que viu?, um Marco mais velho diria como forma de iniciar uma conversa que levasse à uma compreensão mais profunda dos fatos, mas ali, naquele dia, eu era apenas uma criança – uma criança sexualizada, mas ainda assim uma criança. Você queria ver o pênis daqueles homens, meu filho? Senti a garganta se comprimindo e meus olhos se enchendo de lágrimas.

Para o meu pai, era a resposta que ele precisava. Para mim, era uma junção de sensações complexas demais para quem tudo na vida era sentir.

✱

Quando passei a morar sozinho, nos primeiros meses sonhava muito com os assédios do meu primo Silvio. Acordava no meio da noite com a boca seca, sinal de que eu estava ansioso, me sentindo culpado por aquelas lembranças de um prazer que não deveria ter sido descoberto até bem mais tarde em minha vida – um prazer contra o qual eu não conseguia me rebelar e que havia passado a aceitar. Pior: havia passado, em certa medida e em momentos pontuais com meus primos, a reproduzir.

Observei que eu acordava sempre no mesmo horário, faltando poucos minutos para as três da manhã. Como não conseguia mais dormir, comecei a sair de casa e caminhar madrugada adentro. Eu morava perto do Centro, com suas ruas mal iluminadas e lojas fechadas, tendo por companhia catadores de lixo e homens embriagados saídos dos únicos lugares que fechavam tarde naquela região, além de moradores de ruas e prostitutas com menos sorte que, àquela altura, ainda não haviam conseguido cliente.

Logo na segunda vez que saí pelas ruas de madrugada aprendi a ficar esperto quando um homem tentou tirar dinheiro de mim. Eu disse a ele que lhe daria algum dinheiro se ele me deixasse dar uma mamada em seu pau. Ele riu, não acreditou. Era um morador de rua que não devia ver um banho descente há algumas semanas, e mesmo assim eu insisti. Quando puxei a cédula da carteira ele disse Vamos ali pra debaixo do toldo daquela loja. Era um lugar ainda mais escuro do que onde estávamos. Ele abaixou o calção imundo e eu caí de joelhos sobre um membro flácido, os tufos de pelos pubianos endurecidos enfiado em meu rosto. Eu o mamei durante uns cinco minutos, engoli a baba que vinha da minha própria boca, me levantei, entreguei a ele o dinheiro e voltei para minha casa.

Depois daquele dia eu nunca mais parei. Mas, tal qual um Caçador Tcheco, eu buscava nas ruas de madrugada homens que não fossem profissionais do sexo. Corria assim duplo risco: o de ser agredido por alguém que não gostasse da minha abordagem, além do perigo já imposto pela vulnerabilidade da situação em si mesma. Algumas vezes me envolvi com homens relativamente sóbrios frequentadores dos bares daquela vizinhança; mas na maioria das vezes eram mesmo os lixeiros, os catadores, ou aqueles que moravam na rua os que se submetiam a mim e aos meus desejos fugazes. Estávamos todos em situação degradante, ainda que por motivos distintos. Cada pau que eu colocava na boca era o pau do meu primo, era a minha punição por ter gostado, meu ódio velado contra mim mesmo. Alguns meses seguidos a essa prática, passei a oferecer mais dinheiro para aqueles que me deixavam bater em seus rostos, em seus peitos, bundas, pernas. Era pela agressão física que eu extravasava a dor de sentir. Eu, que aquela altura não queria outra companhia a não ser a de mim mesmo, me odiava por querer colocar na boca paus cheios de esmegma, de homens cujos rostos eu mal via na escuridão da madrugada, quando o meu instinto mais aguçado era o de sobrevivência, sendo que na verdade eu poderia estar me matando e nem me dar conta, ou em algum nível eu me dava conta, mas não me importava porque eu queria viver mas nem tanto, eu queria estar vivo no outro dia para fazer novamente a mesma coisa, mas não me importava se não estivesse; eu só queria sentir alguma coisa, eu só queria ser afetado por algum tipo de força que de outro modo jamais chegaria até mim, era isso o que eu queria. Então eu batia, eu batia com força, e aqueles homens em quem a vida também batia pra valer aceitavam as porradas mudos, como aceitavam as que a vida dava de graça enquanto eu lhes pagava. Eu dava porradas como podia, como elas saíam, e depois eu os abraçava, colocava a cabeça deles no meu pescoço e os acarinhava como se fossem crianças indefesas. Depois de me colocar de maneira tão vulnerável diante do outro, esse Grande Desconhecido, não dá para pedir para ser consolado. Depois de bater, de apanhar, gozar, dar carinho em seguida, não dá para pedir para ser amparado, receber carinho. Esse tipo de perfeição não existe, exceto talvez no tipo de amor que não conheço porque me foi negado a vida inteira, e depois neguei a mim mesmo sob a forma de sexo sem conexão, atrito de corpos e mais nada. Depois que compreendi que posso controlar os acontecimentos no sexo pelo qual eu pago, recebo momentaneamente o que na vida real eu não sei receber de forma espontânea, o que nunca consegui aprender a receber. Por um instante eu fingia ser eu mesmo. Ser o eu que, sabendo que habita algum lugar em mim, jamais dei espaço para existir e que no entanto estava lá. Ainda está, ainda que eu não encontre. No entanto, procuro. E a busca me parece ser o mais importante. Enquanto eu não cansar de procurar, eu não me perderei a ponto de me ver num lugar de onde eu irremediavelmente jamais encontrarei saída.

✳

Corri do quintal para a frente da casa para pegar uma cerveja que meu pai desejara tomar enquanto fazia o churrasco para os convidados, que começavam a chegar, pelo estreito corredor que ligava uma parte a outra através de uma calçada de cimento ladeada por plantas de flores diversas ao pé da parede. Senti um braço adulto segurar meu ombro de criança. Marquinho, meu filho, por onde você vai nessa pressa? Era a tia Helena, irmã de minha mãe, acompanhada do marido e dos dois filhos, um deles quase da minha idade. Eu olhei pra cima e sorri, Vou pegar uma cerveja que meu pai pediu, respondi. Ah bom, então não é para você, não é? Enquanto eu fazia que não com a cabeça ela disse, Se bem que jajá você vai estar acompanhando seu pai. Ora, logo mais você vai estar é com uma namorada... Aliás, cadê as namoradas?

O discurso era sempre o mesmo, e a pergunta final, naquela última década do século 20, sempre vinha assim, no plural. Havia um tom na pergunta que denotava um certo desprezo pela monogamia. Não que alguém quisesse que eu encontrasse o amor da minha vida aos doze anos, mas entre os próprios adultos havia a hipocrisia de afirmar que se levava uma vida monogâmica enquanto em quase tudo o discurso social encontrava contradições.

Sempre que algum tio, tia ou primo mais velho me perguntava Cadê as namoradas eu lembrava imediatamente do que meu primo Silvio e eu fazíamos às escondidas, e do desejo que se avolumava em mim pelo sexo com homens. Quanto a isso, por sinal, nunca houve conflito. Dentro de mim não havia culpa nem ódio a mim mesmo. Eu era livre para amar quem eu bem quisesse, era o que eu entendia desde criança baseado apenas no que eu sentia, não – evidentemente – porque meus pais houvessem me ensinado assim. O que me inquietava era sentir ódio pelo que meu primo Silvio me obrigara a fazer – e o desejo que ele despertara e que me levara, tempos depois, a aceitar sua conduta.

✺

As namoradas não vieram até anos mais tarde. A última delas, Gabriela, que se tornaria minha esposa, veio muitos anos depois. Quando olho para a cronologia de minha história, penso que poderia ter passado sem essa experiência com ela que, em última análise, serviu como uma espécie de validação para o que eu sentia, o que eu sentira a vida inteira – que eu era um vulcão que em algum momento iria entrar em erupção. O desejável era que eu estivesse o mais longe possível daqueles que eu poderia machucar quando isso acontecesse.

Em parte, deu certo. No mais, eu jamais conseguiria livrar-me de mim mesmo. Ninguém consegue.

07. Tumbeiro

Quando minha mãe perdeu o emprego por um tempo cheguei a viver uma época relativamente feliz: sem condições de recebermos parentes vindos do interior, eu e minha irmã tínhamos que lidar apenas com o nosso inferno particular o que, se por um lado era muito, por outro não nos obrigava a receber aquela gente que vinha, nos desacomodava e, no caso do meu primo Silvio, largava em mim os escombros.

Vivíamos uma época inédita no Brasil: depois da redemocratização, com o fim da ditadura, o Brasil colocara no poder o primeiro presidente que iria cumprir um mandato democrático integralmente, o neoliberal Fernando Henrique Cardoso, que parecia ter como objetivo vender tudo que fosse estatal. A empresa de telefonia do Ceará, onde minha mãe trabalhava, foi corroída pelo conhecido processo de desinvestimento, que consiste em vermos uma empresa do Estado ser abandonada pelo governo que pretende vendê-la, perdendo todo tipo de aporte em pessoal e tecnologia, de modo que a qualidade do serviço caía e a empresa possa ser colocada à venda sem grande mobilização social contrária. Guardo poucas lembranças daquele processo, mas ainda estão comigo imagens que carregarei pela vida inteira, como da minha mãe almoçando às pressas para dar tempo de nos levar para a escola e chegar no seu trabalho antes do horário-limite de bater o ponto. No tempo que duraram os trâmites para a privatização da Teleceará, eu via além da pressa, apreensão. No rosto de minha mãe, ao longo dos anos, estava impresso o valor de sua luta, com tudo aquilo que ela trouxera consigo. Não era uma mulher precocemente envelhecida, pelo contrário, mas havia em seu semblante naquele período de tensão durante as decisões em torno da venda da empresa um olhar perdido que era fácil notar, como se ela estivesse sempre distante de si mesma.

Quando a empresa foi vendida, milhares de pessoas perderam o emprego, e minha mãe entrou logo nos cortes iniciais. Depois de recolher seus pertences e esvaziar gavetas, aposentou-se. Nos primeiros meses parecia estar sempre indiferente ao mundo exterior. Só chorava e respondia com frases curtas, nada parecia lhe interessar. A rotina de trabalho acabara e, por conseguinte, a loucura de ter que fazer tudo sempre correndo, inclusive as atividades que incluíam a mim e a minha irmã, levando-nos para clubes de prática de esporte e para a escola. Nem eu nem Raquel jamais tocamos no assunto com ela. Não porque nos achássemos jovens demais, mas porque, como tudo naquela família, não víamos abertura.

Com pouco mais de cinquenta anos minha mãe estava aposentada; era como se a vida tivesse lhe imposto uma enorme derrota. Meu pai nesse período passa pela minha memória como uma sombra. Não há qualquer menção, nos passeios que faço pelo corredor das lembranças, de meu pai se referindo a ela de modo a ampará-la ou motivá-la, nem consta que eles tenham tido alguma conversa sobre o assunto em que meu pai a acolhesse.

✷

Às sextas, meu pai seguia o seu ritual de beber solitariamente ouvindo música. Era sagrado: quando ele não estava nos encontros com a amante, depois de fechar a farmácia e voltar para casa o que ele fazia era tomar um banho, servir-se de uma primeira dose, ligar o aparelho de som na sala e ir para a cozinha fazer algo de modo a não passar a noite bebendo sem se alimentar. Minha mãe nunca fez companhia a ele em uma única sexta. Meu pai nunca a chamou para perto de si, mas adorava reclamar que ela preferia ficar no quarto dormindo. A música era sua grande companheira.

Era também uma forma de se isolar. Foram muitas as vezes em que vi meu pai curtindo algum LP – e mais tarde, CD – de olhos fechados, como se quisesse ser permeado pelo som, sem o contato com o mundo exterior. Não faço ideia do que se passava pela cabeça dele. A julgar pelas coisas que ouvi ao longo da vida, seu contato com a música naquela ilha onde momentaneamente só ele e o som estavam poderia significar dezenas de pensamentos distintos, de sua vida sem amigos ao distanciamento dos filhos, que fugiam da presença dele por causa das brigas conjugais e das punições físicas, a um casamento sem gestos de amor ou seus problemas no trabalho, na farmácia que tinha em sociedade com o irmão e que a certa altura fecharia, ou buscando algum propósito na vida – na sua vida.

Minha mãe nunca gostou de música. Quando mais tarde perguntei de qual cantor ou cantora ela gostava, não soube dizer um só nome. Não me admirei. Em anos de vida, jamais vi minha mãe sequer cantarolar uma canção. Sua vida era fazer as contas das tristezas e dificuldades em seu rosário de pedras. Nada que desse algum alento através da arte parecia ser de seu interesse. Música, livros, filmes, viagens, nada. Às vezes cabia a ela nos levar ao cinema. Ela nunca chegou ao final de um único filme sem dormir. Muitos anos depois eu entendi um pouco melhor ao ler sobre mães cansadas.

A minha era sobretudo cansada de si mesma.

✳

Onde não havia interesse da parte dos adultos em aprender sobre os caminhos que poderiam levar a construir afetos, habitava a intransigência perniciosa da frequência de um ódio constantemente cavado entre dois mundos em absoluta disparidade que terminariam por colidir. Era como se um falasse numa língua e o outro respondesse numa outra, incompreensível. A despeito disso, na convivência diária, todos os gestos de minha mãe eram direcionados primeiro a meu pai.

Foi entre uma garfada de macarronada e outra durante um almoço de domingo que meu pai resolveu abrir a boca para dizer, Se vocês estudam em colégio particular, agradeçam à mãe de vocês, que é uma besta. Por mim, estavam os dois enfiados dentro de um colégio público. A frase terminou assim, sem nada mais, como se ele tivesse que tirar de dentro de si algo que o entalava. Eu e minha irmã olhamos para a minha mãe menos por ela ter sido chamada de besta e querermos ver se haveria alguma reação, mas para conferirmos se algo nela dizia que ela estava prestes a mudar de ideia sobre aquele assunto. E pago com muito gosto, meus filhos, foi o que ela disse, acrescentando um clássico entre qualquer família de classe média: A educação é a única herança que eu tenho para deixar a vocês. E completou, talvez justamente por ter sido achincalhada pelo marido, Que seja numa escola melhor do que o ensino público é hoje.

Comemos uma macarronada fria e repugnante, como se comêssemos lombrigas.

✱

Mantendo sua coerência, quando o boletim chegava com notas abaixo do esperado, minha mãe se valia de meu pai para fazer aquilo que ela gostaria de fazer, mas não fazia para passar por boazinha. Fazia parte de seu comportamento contraditório, exercido assim porque foi acostumada, naquela relação, a ter uma autoestima quase inexistente e uma personalidade nula. O que ela tinha era medo de se expressar, e de expressar afeto por mim e por Raquel. Acostumada às grosserias do marido, queria evitar ser alvo de grosserias dos filhos também. Quando percebeu que tanto eu quanto minha irmã tínhamos a personalidade insubordinada, calou-se, por receio de ser rejeitada. Pensava que, ao atirar-se ao precipício da insanidade dos dias para nos proporcionar o que achava que deveria nos dar em termos de educação, estaria demonstrando afeto; mas sua maneira mecânica e seu gesto de transferir para a autoridade paterna todas as decisões amorosas se constituíram, inadvertidamente, na rejeição que ela sempre temeu.

Meu pai nunca teve o menor interesse pela vida escolar dos filhos, e se recebíamos uma nota boa o que ouvíamos era, Você não fez mais do que sua obrigação. Só faz estudar e ainda quer tirar nota baixa? Várias dessas daí garantem que você não vai trabalhar como frentista ou vendedor de sapato no Centro da cidade. É uma questão de escolha.

Diante de notas ruins, minha mãe exigia uma atitude de meu pai, e lá íamos nós para o estalo do chicote.

Era esse o jogo de afeto entre eles: um mandava, o outro obedecia, em doentias variações em que as peças do jogo, infinitas vezes derrubadas e reerguidas no mesmo tabuleiro, à conveniência deles, eram eu e minha irmã. Carinho usual, de gestos amorosos, nunca houve. Meus pais jamais sequer se fizeram seus lábios se tocar diante de um de nós. E mesmo o gesto sexual deles era rápido e reprodutivo como o de cães ou porcos, uma atitude de quem quer se livrar do físico do outro, num automatismo frio e triste. Foi assim nas duas vezes que vi sem querer, e quando um dia entendi o que tinha visto, prometi a mim mesmo que jamais casaria para fazer sexo daquele jeito enojado.

✳

Corra no meu quarto, mamãe, tem um monstro na minha janela.

Eu havia aberto a porta do quarto dos meus pais e entrado de supetão. Na escuridão, reparei corpos num movimento brusco quando já entrei falando – somente com o tempo aprendi o que a porta do quarto fechada significava. Naquele tempo, porém, eu tinha apenas seis anos. Em poucos meses eu saberia o gosto do sexo, mas ali, ainda não.

Dormíamos em quartos separados, eu e minha irmã, e a janela de madeira do meu se abria para o quintal da casa. Foi pelas frestas das venezianas que eu havia visto o monstro.

Meu pai disse, Volte já para o seu quarto e durma. Eu comecei a chorar desesperado. Eles foram conferir se havia alguém no quintal. Só as cachorras que tínhamos, dormindo. Eu insisti, chorando. Minha mãe pegou uma rede e a armou ao lado da cama do casal. Você vai colocá-lo para dormir aqui?, era a voz do meu pai, incrédulo. Calma, ele vai dormir assim que se acalmar, eu conheço o meu filho, disse, ainda que não fosse verdade nem jamais fosse ser. Àquela altura eu não chorava mais, e a luz amarela da cabeceira fazia com que todos nos víssemos apenas na penumbra.

Depois de colocado na rede, fingi que dormia. Ouvi os grunhidos que se seguiram, o pedido para colocar mais lubrificante, o som de movimentos curtos e pequenos gemidos. Tudo muito rápido. E antes que meu sono chegasse ouvi minha mãe indo ao banheiro, o som de água corrente, ela retornando para a cama. A certa altura da noite devo ter sonhado com o monstro, porque acordei com meu pai me pegando pelos cabelos e perguntando O que foi, o que foi, e eu atordoado sem conseguir explicar. Ele pegou o chinelo e bateu em mim com força umas tantas vezes. Minha mãe, como sempre nessas situações, estava invisível. Lembro que dormimos os três, em silêncio.

✳

Quando minha mãe se aposentou, por falha de algum dos procedimentos burocráticos, ela ficou sem receber qualquer dinheiro a que tinha direito. A empresa e o governo de então prometeram que ela receberia tudo, retroativamente, quando a situação se resolvesse, mas pela primeira vez ela dependia financeiramente de meu pai.

Ao contrário do que imaginávamos, receber uma quantia semanal em mãos para resolver as coisas de casa deu um novo ânimo a ela. Minha mãe nunca foi uma intelectual, sempre foi uma fazedora. Ter obrigações fazia com que ela se sentisse útil, sobretudo quando dizia respeito à organização e demandas do dia a dia. Desse dinheiro, uma parte era para dar a mim e à Raquel, como parte da nossa mesada. Tanta responsabilidade junta fez com que a chama no rosto de minha mãe reacendesse.

A vida familiar parecia ligeiramente apaziguada, até que eu e minha irmã ganhamos da vizinha dois pintos de feira, daqueles amarelos com uma leve penugem que só demonstrava a fragilidade daquela existência ignorada de si mesma. Durante uma briga com minha irmã, joguei o pinto dela no leite que minha mãe fervia no fogão, num momento em que ela havia ido ao quintal recolher roupas que haviam sido colocadas mais cedo para secar no varal. Quando ela ouviu seu novo animal de estimação agonizar brevemente no calor do leite, foi até onde o meu estava – num jardim de inverno na sala da casa –, o pegou com força e o jogou contra as pedras da parede do jardim. O animal deu alguns poucos pulos, agonizando, e morreu. No meio da gritaria de acusações que se seguiu entre nós, ouvi os passos apressados de minha mãe voltando carregada de roupas pelo corredor lateral que levava ao quintal, na certa achando que iríamos nos matar – e com um leite no fogão, os cenários possíveis só pioravam, e ela sabia disso. Quando apagou o fogo, viu o pinto da minha irmã dentro da leiteira, e rapidamente captou todo o cenário, diante do que ouvia vindo da nossa boca. Ela recolheu os cadáveres, colocou-os num saco de supermercado e esperou meu pai chegar.

Para minha surpresa, não apanhamos. Mas a ordem era para que, dali em diante e por um tempo indeterminado, não recebêssemos um único centavo. Ficamos sem dinheiro por umas duas semanas, mas pouco depois disso ela quis saber se estávamos comendo direito na escola, e eu disse que não porque estava poupando o dinheiro da merenda para gastar com outras coisas. Minha irmã disse algo parecido. Em segredo, nossa tão boazinha mãe passou a nos dar algum dinheiro, que eu utilizei logo para comprar um livro em uma livraria que havia ao lado da minha escola. Em claro sinal de afronta, fiz como o Quico, clássico personagem do seriado Chaves, costumava fazer com sua imensa bola colorida diante das outras crianças da vila, e sentei faceiro no sofá da sala onde meu pai pudesse me ver ao chegar do trabalho. Queria que ele me visse bem, apesar de ter sido tolhido de qualquer dinheiro. O que ocorreu, no entanto, foi que ele achou que eu estava mostrando indiretamente que tinha adquirido um novo livro. Sagaz, perguntou à minha mãe se ela havia me presenteado. Eu não, ele não faz por merecer!, respondeu de longe. E onde ele conseguiu dinheiro pra comprar outro livro? Não adiantaria mentir, e minha mãe nunca foi boa nisso. Admitiu, alegando a alimentação da escola. Meu pai retrucou, furioso, Pois que esses merdas levem algo daqui de casa! Essa casa não tem comida não? Levem uma fruta, um pão, o que for, mas eu não quero dinheiro na mão deles! Eles precisam aprender! E, como costumava fazer depois de uma explosão inicial, vinha uma outra ideia logo em seguida, que costumava piorar as coisas. Quer saber? Não vai mais ter é dinheiro pra ninguém. Eu que vou resolver as coisas, sempre sobra pra mim mesmo...!

Minha mãe foi para o quarto chorar, enquanto eu tratei de correr para o meu quarto com meu livro, antes que aquilo virasse outra sessão de pancadaria – e com receio de que meu refúgio fosse confiscado. Minha irmã evaporou, só fui vê-la no outro dia, ao entrarmos no carro de nossa mãe para irmos à escola.

Entramos novamente numa era glacial em casa, com meu pai sem se dirigir direito a nenhum de nós três, e mostrando-se cada dia mais exaurido por ser ele que, além de trabalhar três turnos ainda tinha que fazer as compras do supermercado e o que mais houvesse em que dinheiro precisasse ser gasto, já que não confiava mais na minha mãe, que agora vivia novamente amuada com um fator a mais: além de desempregada e ter perdido sua função de gestora da casa, ainda tinha que lidar com a dependência do marido, que para completar não confiava nela. Eram golpes duros na autoestima de uma mulher que já tanto se calejava.

Mas essa cova onde meu pai nos metera era rasa, e eu acabei por conseguir tirar a nós todos dela.

Numa das sextas-feiras regadas a álcool e música, acordei para urinar e ouvi a voz do meu pai falando com alguém. Eu sabia que não era com minha mãe nem minha irmã, que dormiam; entendi que era ao telefone quando eu só ouvia o lado dele da conversa. Com o Agepê cantando Deixa eu te amar ao fundo, ele não ouviu meus passos até a sala. Lá, encontrei-o de costas, tentando abafar a própria voz ao direcioná-la, usando uma das mãos, diretamente para o bocal do telefone. O tom de voz também era baixo e grave. Parei e fiquei ouvindo a conversa. Ele e uma tal de Cirene planejavam se reencontrar em breve, e entre juras apaixonadas ele dizia o que queria fazer com ela quando a encontrasse. Permaneci onde estava, estoicamente. Quando ele cansou da posição mudou o corpo de lugar, sentiu a minha presença. A maneira como ele largou o telefone no gancho e os olhos de assombro diziam tudo. Fazia tempo que você estava aí?, perguntou. Um pouco, respondi sem vontade. Ele não teve coragem de perguntar o que eu tinha ouvido, certamente com medo de ouvir pela minha boca as coisas que ele dissera, e se me batesse, minha mãe ia saber por quê. Você está com fome?, perguntou, numa tentativa estapafúrdia de mudar de assunto – eu nunca me levantava para comer de madrugada. Não, vim mijar e beber água. Ele fez um carinho com os dedos de uma das mãos nos meus cabelos e beijou o topo da minha cabeça. Vá dormir, meu filho.

No dia seguinte chamou a minha mãe para dizer que ela ia voltar a gerir a casa, e que nós iríamos voltar a receber nossa mesada. Alegou cansaço.

Pelos telefonemas de mulheres querendo falar com ele que eu costumava atender, ele devia mesmo ter muitas razões para estar cansado.

✳

Algum tempo depois do que testemunhei ao telefone, meu pai cismou em voltar a frequentar a igreja e exigir que fôssemos todos juntos aos domingos. Eu nunca me senti acolhido num ambiente onde um monte de gente atulhava um espaço fechado obedecendo servilmente às ordens de um homem que dizia a hora de levantar, sentar e até de dar as mãos sem direito a conversar nada, apenas ouvíamos aquele senhor à frente como se ele fosse o detentor de certezas. Então um dia, quando meu pai finalmente encontrou um lugar para estacionar, eu disse que queria ficar dentro do carro. Você vai, ele informou, secamente. Não quero, respondi. Você vai ficar morrendo de calor no carro fechado?, era a preocupação de minha mãe. Eu prefiro, disse, sabendo que era um debate perdido. Marco Aurélio, saia do carro agora, você vai entrar na igreja e ficar lá calado até o final. É o que todos fazemos sempre, e é justamente essa a porra do problema!, eu disse, insolente. Meu pai levantou a mão e meu deu um tapa. Eu sequer mexi o rosto. Todos saíram do carro. Eu saí e permaneci calado, a alma perdida em brasa tanto quanto meu rosto.

✳

Quando a missa acabou apertei o passo para fora da igreja e fui esperar meus pais e minha irmã ao lado do carro. Magoado, deixei que os olhos transbordassem a ferida aberta em mim. Parece que o Deus de que meu pai falava havia tocado seu coração; saiu de lá com a voz mais branda. Ele nunca conseguiu pedir desculpas. Devolver a nossa mesada havia sido utilizado ali como uma forma de tentar me calar, mas em outras ocasiões era a sua linguagem muda para nos dizer do seu gostar. Outras formas possíveis de se comunicar ele nunca teve, soube, ou quis aprender. Tentava se redimir através de presentes ou brincadeiras bobas, como quem diz um Deixa isso que fiz pra lá, meu filho – sendo que eu não tinha opção a não ser deixar pra lá infinitas vezes. O poder que eu tinha era o da aceitação, ou seja, o de acumular flancos e dores. Vamos jantar, ele disse, entrando no carro. Era este o novo hábito aos domingos. Depois da missa, sentados à mesa da sala em casa, comíamos uma pizza depois de uma oração cuja extensão dependia da fome de meu pai.

Antes de abrirmos a caixa da pizza, pedi para falar, com uma coragem reunida da necessidade de ser ouvido. Depois do que eu havia acabado de passar, mais do que nunca, em tão poucos anos, eu precisava me ligar aos meus. Eu sentia que só através da palavra, da fala, eu poderia chegar a fazê-los entender o que se passava na minha vida. Era uma atitude desesperada – eu queria que, através do desabafo que eu estava prestes a fazer, a minha família finalmente se unisse. Eu queria que tudo que eu enxergava de ruim nos dias compartilhados com aquelas outras três pessoas se esvanecesse como se por um milagre oferecido pelos santos em que meus pais diziam acreditar. E isso só aconteceria se, apesar de todas as agruras que compartilhávamos, eu demonstrasse que confiava neles. Sobretudo diante de uma tentativa anterior, um pouco mais novo, feita no carro na presença apenas de minha mãe. Agora seria diante de todos. E foi assim que, com a voz muito embargada, eu disse que meu primo Silvio andava me tocando sempre que ia para a nossa casa, durante a noite, quando a casa dormia. Eu falei do nojo, da raiva, da incompreensão, da dúvida sobre o que eu sentia, da culpa por mais adiante gostar do prazer do qual meu corpo se apercebia, apesar do asco do corpo do meu primo, da vontade de beijar, apalpar, sentir outros corpos. E disse também que eu não queria mais meu primo dormindo comigo porque eu não gostava dele, que foi a maneira como eu consegui dizer que eu não queria mais aquilo não por algum tipo de admoestação particular, como se me odiasse por ser quem era, mas antes, porque eu odiava *como* me fizeram descobrir quem eu era. Minha questão era com o caminho, não com o que encontrei ao percorrê-lo. Soltei tudo aos borbotões, infantilizado, vulnerável, mas muito mais adulto do que eu poderia, do que eu *deveria* ser àquela altura da vida. Minha mãe olhou pra mim, em lágrimas. Meu pai não sabia para onde olhar, e minha irmã tentava algum ardil para se manter invisível, mas estava tão boquiaberta que no final das contas foi sua cara de estupefação que fez com que ninguém quisesse saber o que ela pensava. Então a minha mãe disse, De novo isso, Marco Aurélio? Será possível que você não consegue acabar com essa raiva que você tem do Silvio? Meu pai, em seguida, perguntou se eu não conseguiria viver como uma criança normal. Eu disse que eu *era* uma criança normal, quando o que eu gostaria de ter dito, se tivesse maturidade para isso, era que eu era sim uma criança normal, jogada cedo demais em situações normais mas cuja precocidade impunham ao acontecido uma abjeta anormalidade. Que não podia ser normal eu viver com tudo aquilo *e com a descrença deles* quanto às coisas que eu tinha a dizer, que *no mínimo* eles deveriam tentar averiguar. Mas a frase morreu ali, no *Mas eu sou normal* com a voz embargada e os olhos rasos de lágrimas.

Quando eu vi meu pai pegar o talher para comer, dando o assunto por encerrado, eu olhei no meu entorno, me recompus e disse, Se é assim, pois eu vou dizer alguma coisa na qual talvez você queira acreditar, minha mãe! E, me levantando da mesa, falei do dia em que havia acordado de madrugada e vi meu pai conversando em segredo com uma de suas muitas amantes. Dei detalhes do que ouvi, dizendo palavras que eu nem sabia direito o que significavam mas que havia guardado na memória para reproduzi-las se fosse necessário, já antevendo que seria. Meu pai foi ficando lívido, enquanto o semblante de minha mãe se transformava. Os dois passaram a trocar acusações, e conquanto eu soubesse que minha questão pessoal havia sido completamente pulverizada e relegada à total desimportância, pelo menos eu fazia minha mãe acreditar em mim para alguma coisa, ainda que fosse para algo em que ela *quisesse* acreditar. Nos minutos que se seguiram, em meio aos gritos e dedos em riste, vi quando meu pai pegou o mesmo aparelho telefônico que ocasionara tudo aquilo, olhou na agenda deixada ao lado o número do telefone da casa do seu irmão e pediu asilo por uns dias.

Na noite seguinte meu pai não voltou para casa. Nem na outra e nem na outra.

Foi como se de repente eu tivesse parado de conviver com um fumante.

08. Biblioteca de Alexandria

Chovia muito quando meu pai parou o carro bem na frente da garagem da nossa casa. Estava escuro, sensação que parecia ser ampliada ainda mais porque morávamos na penúltima casa da rua; adiante só havia terrenos baldios cheios de mato e árvores, por todo o quarteirão na frente da nossa casa havia um sítio onde mal víamos movimento. Os vidros do carro estavam embaçados pela nossa respiração e o barulho intenso da água forte contra o teto do carro não permitia que nos ouvíssemos se falássemos num tom de voz normal. Olhei para minha irmã e seus olhos revelavam assombro. Agarrou-se ao pacote que havia sido comprado para ela no shopping, de onde acabáramos de vir. Por dentro, eu sorria com tudo aquilo, fascinado. Meu pai se virou e olhou para nós dois no banco de trás e disse que não ia sair enquanto a chuva não diminuísse, a água já estava quase na altura da porta, correndo solta rua abaixo, e seria perigoso para ele e para o carro, falou. Passei a mão no vidro e vi os grossos pingos d'água passando na frente da luz dos postes. Minha irmã ameaçou chorar. Eu a abracei, Chore não irmãzinha, daqui a pouco a gente entra em casa, disse para ela, encostando minha cabeça levemente em seu peito. Ela não recuou. E se a gente morrer afogado aqui dentro? A gente está protegido aqui, minha filha, disse meu pai, sorrindo. Ela fungou e ficou calada. Meu pai ajeitou o corpo no banco de modo a ficar de lado, de onde podia nos ver melhor e falar melhor com a gente. Vocês acham que vão ganhar presente do Papai Noel este ano? O olhar da minha irmã se iluminou. Eu vou sim porque eu só tirei nota boa. Mas acho que o Marco não vai ganhar nada não, disse, e passou a fazer uma lista dos motivos pelos quais apenas ela merecia receber uma visita do bom velhinho. Pode até ser, eu disse, mas pelo menos eu ganho alguma coisa no meu aniversário que é bem no começo de dezembro. E esse ano eu vou fazer oito anos. E o que é que isso tem a ver?, disse minha irmã, debochada aos seis. Tem a ver que eu já estou ficando um rapazinho. Meu pai riu e disse, Tenho uma coisa para contar a vocês. Nos calamos, atentos. O Papai Noel na verdade é o papai e a mamãe que compram alguma coisa pra vocês, deixamos escondido e na véspera do natal colocamos em algum lugar onde vocês achem e dizemos que foi uma visita dele. Minha irmã começou a chorar. Eu continuei calado. Como sempre foi do meu feitio, indaguei. Como assim? E meu pai foi nos explicar como tudo acontecia, que a gente ia ao shopping e dizia ao velhinho sentado lá o que a gente queria, e quando ele ou nossa mãe se aproximavam dele para agradecer, ele dizia aos pais o que a criança havia pedido, discretamente. E arrematou: Vocês nunca desconfiaram que em cada shopping que a gente vai tem um Papai Noel sentado lá e que todos eles são diferentes entre si? Eu já sabia!, gritei, quase me levantando do banco. Minha irmã ficou confusa, com cara de "É mesmo...".

Aproveitando o silêncio de estupefação, após olhar para fora do carro e ver que tudo continuava igual, anunciou a brincadeira: perguntem o que quiser ao papai! Dessa vez, foram os meus olhos que se arregalaram. Podemos começar?, eu quis saber. Quando ele disse que sim, eu perguntei, Como é que as crianças são feitas e nascem? Se ele se abalou com a pergunta, a penumbra sobre nossos rostos não me permitiu perceber. Então ele começou a contar sobre a barriga da mamãe ser como um terreno pronto para o plantio, e que era o papai que tinha a responsabilidade de ir lá com uma sementinha, e que depois de 9 meses o bebê nascia. E como você coloca a sementinha? Rápido, meu pai respondeu com uma pergunta, E para que você quer aprender?, perguntou, rindo. Por acaso você não é muito novo para saber qual é a ferramenta? Você está na idade de ter outras preocupações, meu filho, disse de forma bem humorada. É que eu desconfio, falei para ele. Parece que a chuva diminuiu, ele disse, abrindo a porta do carro.

Antes mesmo do final daquele ano, e de lá até vários anos seguidos, eu confirmaria a minha desconfiança, ainda que não entendesse que a semente lançada pelo meu primo Silvio não caíra em terreno fértil algum.

Era tudo cedo demais.

❋

Papai disse pra gente ontem que o Papai Noel não existe, mamãe – anunciou minha irmã durante o jantar do dia seguinte, quando estávamos todos reunidos à mesa. Ou à parte dela que não era ocupada pelo meu pai, melhor dizendo. Era uma mesa de madeira escura e pesada, de oito lugares, metade dela coberta por um pano espesso onde meu pai depositava o que acumulava: a bolsa que utilizava, remédios, molhos de chaves, quinquilharias diversas que ele trazia dos mais diversos lugares. As miudezas ficavam todas lá, e ninguém mexia naquela região. Por vários anos, enquanto fomos obrigados a fazer refeições juntos, aquele foi o espaço de muitos acontecimentos. Com o passar do tempo e a mudança das dinâmicas individuais, a família foi se dispersando, e a mesa de oito lugares transformada em mesa de quatro lugares logo teve o pano desdobrado mais um pouco e transformada numa de três, até que, por fim, se tornou uma mesa de dois lugares, com o pano estendido por meu pai ocupando todo o resto.

Um canto de mesa, duas cadeiras – uma de frente para a outra – e isso era tudo.

❋

Raquel cresceu estupefata com o mundo. Ao contrário de mim, reativo com tudo o que interagia comigo, para cada indagação ou dúvida, minha irmã era capaz de guardar suas questões pelo tempo que julgasse necessário. Não raro era tida como uma menina tímida, diante do irmão efusivo e confrontador. Enquanto eu era conhecido dentro da família como "do contra", minha irmã era uma criança, e depois uma jovem, cordata e calma.

Essas personalidades distintas nos fizeram crescer longe um do outro. Raquel detestava demonstrações efusivas demais, de qualquer sentimento que fosse. Em seus movimentos comedidos, tons um pouco acima do que ela achava tolerável eram tidos como excesso, exagero – e por ela repudiados, deixando claro que se sentia envergonhada.

Mas claro que não foi apenas isso que me separou de minha irmã. Tínhamos quartos distintos e uma criação machista, mais permissiva a mim do que a ela, que tinha horários mais cedos para chegar em casa, a obrigação de não andar na companhia de muitos meninos e de não poder ir a determinados lugares que eu podia. Às vezes penso que essas decisões, determinadas pelo nosso pai com a anuência silenciosa de nossa mãe, alimentou em Raquel uma mágoa que ela transbordava para mim. E como brigávamos! Eram brigas ferozes, com o pensamento, muitas vezes, de extermínio do outro. Era ao que estávamos acostumados.

Enquanto eu fugi para a literatura, Raquel fugiu para o contato com uma realidade modificada pelo álcool. Desde pequena refutava suas semelhanças com nosso pai – fisicamente, e depois, nos hábitos. Em tudo discordava dele e queria agir diferente para se distanciar dele, mas há frutos que não caem mesmo longe da árvore.

Raquel descobriu o álcool ainda cedo. Quase pelo meio da adolescência, lembro de um episódio em que ela encontrou suas lentes de contato de grau pregadas no espelho do banheiro, no dia seguinte a uma festa na casa de suas amigas. Não lembrava como haviam ido parar lá; na certa lembrou-se de que precisava retirá-las antes de dormir mas o teor etílico a fez achar que o recipiente apropriado estava diante dela, quando na verdade era apenas o espelho do banheiro de casa; ou quando, anos mais tarde, mencionei seu hábito de dormir mexendo o pé direito de um lado para o outro – assim como nosso pai faz ou fazia, não sei mais – e ela disse que isso não acontecia, até que num período de férias dela no Brasil, eu filmei e mostrei a ela, que disse então nunca ter visto nosso pai fazendo aquele movimento ao dormir. Optei por me calar. Eu entendia de onde vinha aquela mágoa e desejo por dissociação. Eu mesmo fazia movimentos semelhantes e hoje entendo que quando Raquel fez a escolha por cortar relações com os nossos pais não foi mais tanto pela raiva das surras que levávamos, dos nomes pelos quais éramos chamados dentro de casa, muitas vezes apenas por vontade mesmo de nos humilhar, nem pelas inúmeras cenas vexatórias, pela falta de diálogo, apoio e companheirismo de nossos pais. Com o tempo essas mágoas vão se perdendo dentro da gente a ponto de não sabermos bem onde localizá-las. São tantos os motivos para dores e tristezas que tentar encontrar o fio do novelo seria sofrer novamente – e seria também impossível colocar tudo dentro de uma cronologia. A vida é fragmentada e por isso não há organização possível. Raquel deixou de falar com nossos pais pela tentativa de esquecer. Não esquecê-los, é claro, mas esquecer o seu local de dor, de uma origem que ela repudiava e da qual gostaria de estar o mais longe que pudesse. Para isso, foi para fora do país, onde estabeleceu sua vida e fez de mim o único elo com o seu passado – o que também traz uma coleção de momentos agridoces, afinal refutar a dor causada pelos pais ao ignorar a existência de ambos, sair do país mas voltar seu olhar para a única pessoa com quem ela não gostaria de romper e que no entanto fazia parte do núcleo familiar do qual ela tinha asco e que portanto tornaria o esquecimento uma impossibilidade era um desafio mental difícil de elaborar, e um exercício que às vezes também causaria dores. Eu e minha irmã nos aproximamos através da distância: só nos tornamos amigos quando separados por um oceano. Aos poucos aprendemos que esta era a nossa convivência possível. Na presença física, havia um outro oceano, o das diferenças, que também nos separava, e quando tentávamos nadar em suas águas, chegávamos sempre muito perto de nos afogar. Nosso amor era medido pelas faltas. As que nossos pais xilogravaram dentro da gente, as que nossa criação nos impôs pela diferença de gênero nos anos 80 e 90, e talvez sobretudo pela ausência de tudo aquilo que, podendo ter sido, não pudemos ser um para o outro. Era acima de tudo isso: aquilo que nos foi tirado com muita força. Jamais confidenciei para a minha irmã, enquanto convivemos na mesma casa, as agruras das minhas dores de crescimento, nem os medos que tínhamos do nosso pai e a inegável desproporcionalidade dos castigos que recebíamos e claro, nunca tive coragem de falar para ela sobre os abusos que sofri do meu primo Silvio. Tudo isso só veio muito mais tarde, quando já estávamos para além da possibilidade de um apoio mútuo que pudesse mudar o curso das coisas. Éramos o que havíamos nos tornado, e não havia escapatória.

✹

Ao contrário de minha irmã, busquei repelir tudo o que pudesse me lembrar de meu pai, e por esta razão nunca fui um grande entusiasta de bebidas alcoólicas. Por isso escrever me parecia uma saída tão inequívoca quanto a leitura – que veio primeiro e é neste lugar em que permanece. Havia um passado de leitor em meu pai – resta lembrar que meu nome foi escolhido a partir da leitura de *Meditações*, de Marco Aurélio – do qual eu não guardava qualquer lembrança: nunca vi meu pai lendo um único livro, embora tenha me falado de alguns com pouco entusiasmo, como quem lembra vagamente de si mesmo quando era outro. Mas havia indícios. Pela casa inteira, coleções de livros que permaneciam intocadas nas prateleiras. Livros de capas duras escuras, num papel amarelecido pelo tempo e que minha mãe me estimulava a não tocar por conta das minhas alergias. Quando, tempos depois, encontrei o livro de onde viera meu nome, meu pai apenas disse, Você ainda não tem idade para lê-lo.

E depois disso, mais nada. Jamais fui estimulado a ler a obra, era como se ela não existisse.

Ou eu.

✳

["O que há em um nome? Uma rosa, com qualquer outro nome, exalaria o mesmo perfume." Shakespeare, em *Romeu e Julieta*].

✳

Acho que a primeira carta que escrevi foi para o Marcos Rey, mas não saberia dizer ao certo. O contato com escritores naquele tempo era feito através da editora: mandava-se a carta para o escritor com o qual se desejava corresponder através da sua editora, que então enviava para o autor em questão. Em geral, respondiam com o endereço de suas próprias residências e a conversa, se continuasse, já poderia ser feita de forma direta. Ao longo dos anos escrevi para escritores e escritoras com os quais fiz muitas trocas naqueles anos juvenis em que a literatura era minha grande e mais importante companhia. Aquelas pessoas cujas vozes eu só podia ouvir a da escrita tornavam-se mais reais ao dirigirem palavras diretamente para mim. Na minha cabeça, eram meus amigos – e alguns se tornaram mesmo, mais adiante.

A verdade é que escrever para os escritores, naquela época, aplacava a minha ânsia pela própria escrita – que eu seguia fazendo, escrevendo contos de terror sem saber que eram contos. Eram essas histórias que também faziam com que eu adentrasse – me escondesse? – num lugar diferente daquele em que eu vivia, tanto pelas brigas de casa como pelos avanços sexuais de meu primo Silvio sobre mim – e estas eram, precisamente, as duas coisas que mais marcavam e modificavam a minha vida.

Com o tempo, para além dos escritores, também passei a me corresponder com primos que moravam em cidades distantes, filhos de irmãos da minha mãe e que eu não devo ter visto mais do que duas vezes. Guardo poucas lembranças dessas cartas, exceto que era através delas que eu tentava construir pontes com pessoas que só não eram completamente estranhas porque minha mãe me explicava, com palavras sem muita força, sobre o grau de parentesco que nos unia. O mais eu soube através das cartas, algumas longuíssimas, que trocávamos.

Os anos se seguiram uns aos outros, e entre cartas e livros, meus escritos. Eu já não morava mais na casa dos meus pais quando surgiu a oportunidade de publicar meu primeiro livro. Não me animei a contar a novidade para eles, depois que o contrato já estava assinado. Minha intuição me dizia que aquilo não representaria nada para eles.

E eu não estava errado. Quando souberam, ao convidá-los apenas porque outros familiares haviam sido convidados e eu não queria causar um mal-estar na família bem no dia do lançamento do meu primeiro livro, foram como quem vai cumprir um protocolo. Se levaram um exemplar do livro, não lembro. Ao longo dos anos, livro após livro sendo lançado, sei com certeza que nenhum de meus pais jamais leu um livro meu. Houve inclusive um episódio em que minha mãe veio me pedir um exemplar alegando que os livros custavam muito caro no Brasil. No dia anterior, uma amiga havia postado fotos dela no lançamento do filho escritor segurando uma pilha de livros que afirmava ter comprado para presentear as amigas.

Minha mãe e meu pai poderiam ter feito algo parecido, mas não havia interesse. Por fim, dei um exemplar para eles, entreguei-o na mão de minha mãe, com quem havia saído para jantar.

(Quando criança, durante as aulas de artes, a escola fazia com que a gente produzisse algo nas datas comemorativas para nossos pais e mães. Fazíamos objetos com gesso, pintávamos, escrevíamos bilhetes amorosos e embalávamos. Minha mãe guarda todos esses presentes e bilhetes até hoje, como prova de que um dia houve afeto legítimo.)

Meses depois, perguntei se ela havia gostado de algum dos contos do livro. Achei muito triste. E também muito difícil, ela disse.

É, minha mãe, tristeza não tem fim.

09. Atol Fangataufa

A gente sabe que não dá mais certo, Marco, e a gente sabe o porquê. Foi assim que Gabriela, com quem eu estava casado há sete anos, começou uma conversa durante um café da manhã num domingo, na mesa que tínhamos em uma área externa contígua à cozinha. Era onde gostávamos de tomar café da manhã cercado pelas flores nas paredes e plantas em jarros no solo, mas sobretudo apreciávamos um café lento, somente possível aos domingos. O tom era ameno, não havia ali qualquer sinal de raiva, de estupefação, de indignação. Era bem aquilo que ela trazia: uma constatação. Uma constatação sobre a qual deveríamos agir e tomar decisões, sem dúvida, e ela parecia determinada a fazê-lo, e sim, nós sabíamos o motivo. O dia estava ensolarado, a brisa esfriava a comida, mas quem se importava? Eu não havia sido preparado para aquela conversa, embora soubesse que ela aconteceria. Alguma hora, aconteceria. E por isso mesmo a recebi com a mesma naturalidade com a qual ela me chamou a tê-la. Eu acreditava que quem te chamaria para ter essa conversa um dia seria eu. Pensava que você não teria o ímpeto da coragem necessário..., comecei. Nem sempre a coragem vem de súbito, muitas vezes é construção. Era preciso fazer com que ela viesse sem deixar espaços vazios, inclusive para eu ter essa conversa da maneira como estou tendo agora, ela disse, com a mesma serenidade com a qual havia começado sua fala.

Conheci Gabriela numa viagem na época do mestrado. Por conta da minha pesquisa fui até Santa Catarina e, numa noite que tirei de folga fui a uma boate, onde nos conhecemos e começamos a nos envolver. Soube que ela havia acabado de ser aprovada num concurso público para trabalhar em Fortaleza, e prometemos voltar a nos ver quando ela chegasse à cidade. É bom que você já tem alguém com quem contar ao chegar, eu disse a ela. E foi o que aconteceu. Me disponibilizei para Gabriela desde sua chegada, e ela contou com minha ajuda. Ficamos juntos desde então, sem jamais cogitar que seria diferente. O processo natural de amor e sexo se converteu numa vida a dois vibrante, a ponto de eu me perguntar para onde havia ido o meu desejo por homens, quase como se tudo não houvesse passado de um delírio controlado com medicamentos.

Depois de um tempo, com a rotina de trabalho e o cansaço instalados, o amor começou a cair no lugar comum dos dias. Percebi que a realidade do que eu tinha com Gabriela não era maior do que o "efeito dos medicamentos" no meu delírio: o Marco de sempre estava em mim. Passei a frequentar banheiros de shoppings onde eu fazia sexo antes de voltar para casa, a programar viagens que nunca existiram para que eu me encontrasse com parceiros em pousadas fora da cidade – e tudo isso sem deixar de ser o marido que eu sempre fora para Gabriela. Mas ela sabia. Ela sabia não por que eu contei, mas porque sua sagacidade felina não deixava espaço para o se ou o quando. Gabriela observava o entorno e o compreendia muitas vezes antes mesmo daqueles que viviam a realidade do lugar. Era dona de um olhar diagnóstico como se carregasse em si um dom ancestral. Do que eu fazia propriamente ela não sabia, mas intuía que o nosso acordo estava sendo quebrado de alguma maneira: senão por traição, por alguma quebra de confiança que passava pela omissão da verdade. E eu sou mulher que só admite a verdade, ela disse, durante a conversa. Não tínhamos filhos, ainda bem, o que tornou o divórcio mais fácil. Ambos concordamos com a divisão do que tínhamos juntos, sem brigas.

Com o fim do meu casamento, resolvi que era hora de parar de mentir para mim mesmo. Não havia mais como recuperar a década passada com Gabriela, mas havia o porvir. Que sempre se renova.

※

Encontrei meu pai casualmente na saída de um espetáculo, enquanto me dirigia para o estacionamento. Nos cumprimentamos cordialmente, e eu o apresentei ao Henrique, meu namorado, que estava ao meu lado. As pessoas caminhavam em direção aos seus veículos, entravam e iam embora. Em tudo ao nosso redor, era uma profusão de faróis iluminando a noite e barulho de motor em movimento. Henrique entrou no lado do passageiro e ficou me esperando. Eu fiz um gesto com a mão me despedindo do meu pai, mas, antes de entrar no carro, senti sua mão em volta do meu braço. Parei a meio caminho do trinco da porta e me voltei para onde ele estava. Com uma voz calma, algo soturna, ele disse, Se você está mais feliz assim, então eu também fico feliz por você. Fiquei atordoado porque eu e meu pai já não nos víamos há anos. Nunca soube o que ele de fato soubera do meu casamento, embora eu soubesse que tanto ele quanto minha mãe sabiam. E, de tudo que *eu* sabia da criação machista que tive, tivesse ele sabido antes, eu seria expulso de casa. Fui bem menos do que poderia ter sido para você, meu filho. Mas desse meu jeito obtuso e algo estranho, eu quero o seu bem, ele continuou. Eu o abracei e permaneci no abraço longamente. Agora havia bem menos carro em nosso entorno, poucas batidas de portas. As estrelas mortas eram nossa testemunha. O que eu poderia devolver em palavras? Não queria mentir, não iria dizer que o amava. Ou que também desejava que ele fosse feliz e que queria o seu bem. Até trinta minutos antes, se eu fosse perguntado diria que odiaria ter que ir ao enterro do meu pai num dia de chuva. Não bastasse essa não-necessidade, ainda sujaria meus pés na lama. Agora, naquele espaço-tempo em que nada parecia muito real, o sentimento que me atravessava não era o de piedade, mas o de que algo ali estava sendo concluído, com todas as consequências que viriam a partir disso. Como caminhar para dentro de si mesmo sabendo-se filho de um amor ausente que podendo ter sido, não foi, e que reconhecia em si a própria falta, já tarde demais, quando as pontes que poderiam ter criado laços haviam sido implodidas, quando todas as importantes fases de conexão haviam sido perdidas? Se houvesse o desejo – porque oportunidade talvez houvesse – o que se poderia criar com um estranho que no entanto deveria ser chamado de pai, porque afinal se a ideia fosse criar vínculos não chamá-lo assim o tornaria para sempre o estranho que ele já era?

Tivesse aquele homem se importado mais com quem eu era na escola, em participar dos momentos da minha infância, como me ensinar a andar de bicicleta e, mais tarde, sendo ele tão apaixonado por carros e tendo ele mesmo dois na garagem, dado as primeiras lições de direção, ao invés de dizer que preferia pagar a alguém para me ensinar e então voltar-se para o jornal que lia; tivesse ele dado a atenção que minha irmã precisava quando minha mãe, cansada de ser tantas, de ser todas as possíveis, eu teria crescido entendendo melhor aquela menina distante menos de dois anos de mim e ela a mim e teríamos feito laços mais profundos desde jovens?

Todos os meus dias existem no sentido de me fazer entender se aquilo a que chamam de felicidade é uma habilidade, e se for, ela pode ser desenvolvida? A reflexão é útil à felicidade, ou pensar demais dificulta sua conquista? O que há para ser conquistado, afinal? Vale a pena descobrir? Saberei que encontrei o que procuro quando descobrir?

Traduzo dentro de mim as antipossibilidades criadas com a violência do que me foi arrancado. Pelas marcas da ausência, da violência, da indiferença e de uma abnegação desprovida de amor mas vestida, em tecidos puídos, como tal. Minha inocência, e eu a tenho, foi conquistada, num movimento reverso àquilo que me foi roubado. Cresci sem saber para onde, porque nunca me foi dado a perceber que havia um horizonte adiante, e há coisas que quando nos damos conta por nós mesmos, muito já ficou para trás. Mas é aí que nos dizem, soltos no mundo, que o único empreendimento sério é viver. É da natureza do presente ser irrealizável.

Planejo o passado: sonho.

10. Estrasburgo, 1518

    Minha mãe abriu o portão que dava para a rua com uma alegria incontida. Sentado na bicicleta, braços estirados e mãos firmes no guidão, eu estava preparado para ganhar o mundo. O sol já não estava mais tão forte. Ventava. Meu pai tinha acabado de colocar as rodinhas no brinquedo, eu dei um impulso com o pé e lancei meu corpo pra frente. Pedalei como ele havia me dito para fazer assim que o movimento começasse. Era como se eu fosse aprender a voar e a rua era o céu. De onde eu estava ainda ouvi minha mãe dizer, Se cair não precisa chorar, é só se levantar e tentar de novo. Uma voz tão clara e bonita, a da minha mãe. Pode ir em frente, meu filho, você não vai se desequilibrar!, vibrava meu pai. Os dois ficaram na calçada, me observando. Eu só sentia o vento passando e ouvia os dois falando alguma coisa pra mim, mas o barulho nos ouvidos não me deixava distinguir. Ainda assim, eu podia jurar que via o sorriso no rosto de ambos. E vê-los era como senti-los.
    Eu pedalava, pedalava cada vez mais forte, a cada segundo com menos medo. Quando dei a volta, observei minha irmã abraçada à perna da minha mãe, os cabelos tão finos, amarrados para trás. Ela também queria ver o irmão sem o risco de algo impedir sua visão.
    Como sendas abertas na floresta apenas para retirar a madeira cortada pelos lenhadores, e que não levam a lugar algum, eu percorria a rua numa alegria voraz, sabendo que meu destino era a casa onde eu morava com meus pais e minha irmã, onde logo mais, assim que a noite desse os primeiros sinais, eu deixaria a bicicleta na garagem e iria direto para o chuveiro. Mas enquanto sentia a bicicleta comigo, era infinito.
    Para ninguém ali a vida iria mudar e, no entanto, já mudara.

Precisei de muito pouco para me ver pedalando sem rodinhas.
Embora a finitude nos ronde o tempo inteiro, ali era impensável. Éramos uma família feliz à nossa maneira – até que a vida, a morte, o mundo nos separasse, como seria e tinha de ser.
No fim, somente os ossos restam para contar a nossa história. E embora naquele instante não compreendêssemos, o final estava perto.

Sempre está.

Este livro foi composto em Meridien LT Std no papel pólen natural 70gr enquanto *Where Do We Go From Here*, de Charles Bradley, tocava para a Editora Moinhos.

*

As eleições municipais brasileiras tinham iniciado enquanto o PIB do país crescia acima do esperado.